不死神鳥

불사
신조

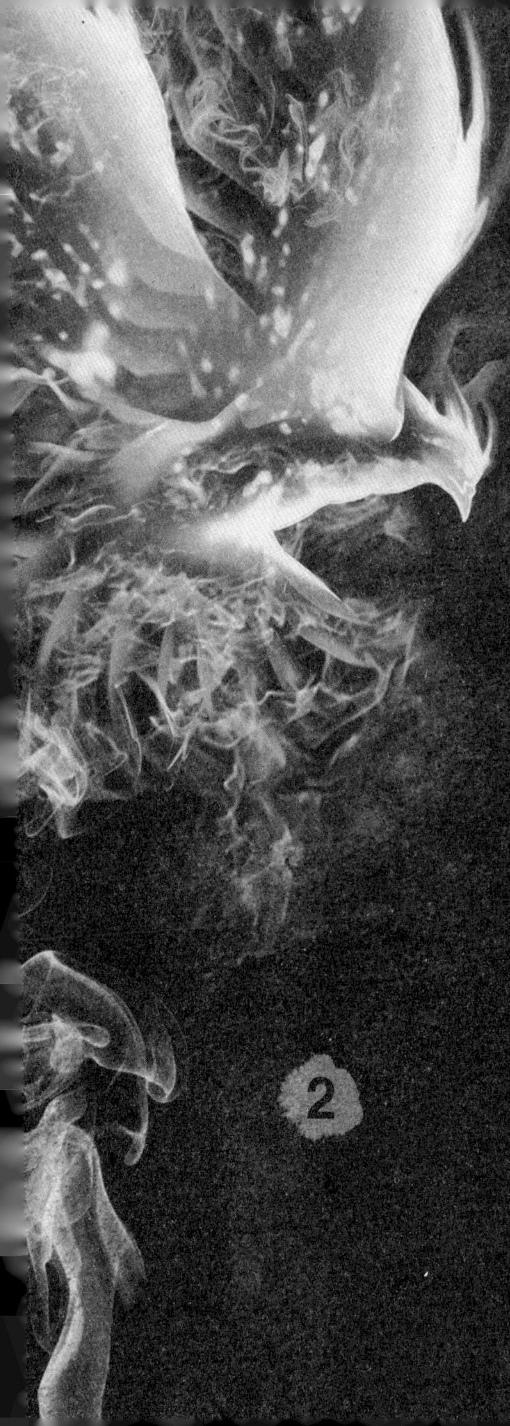

不死神鳥

불사신조

2

BBULMEDIA FANTASY STORY

이주용 신무협 장편 소설

차례

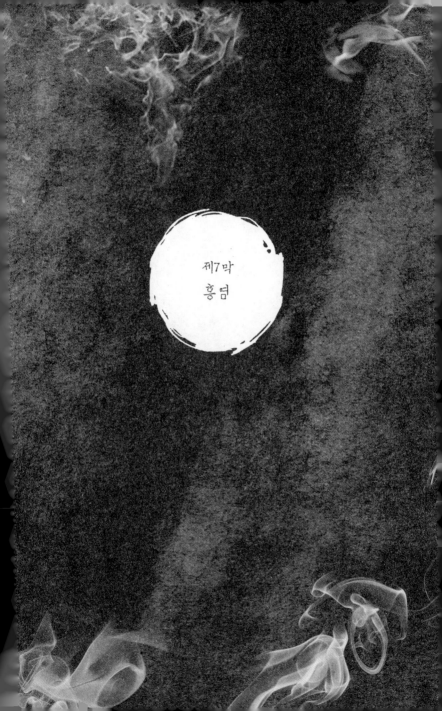

제7막
흥덤

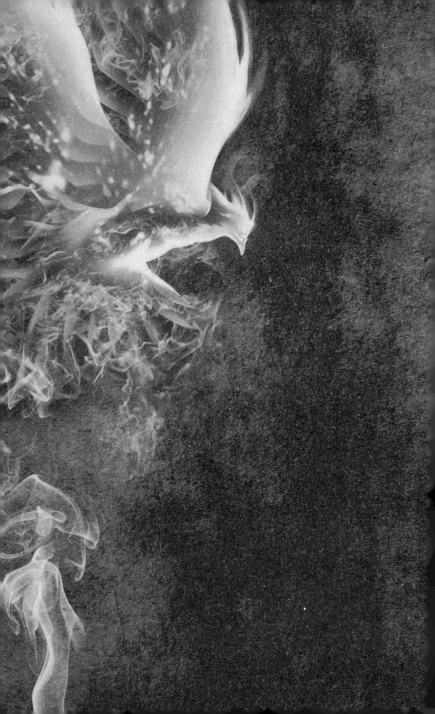

울지 마, 난 괜찮으니까.
신조, 우리 사랑하는 막내.

          —맹저

　　　　　　　　　◐

　홍염, 아름다운 불꽃.
　신조의 전신에서 선홍빛 기운이 일었다. 오행 가운데
화의 힘을 담은 그것은 어둠을 살라 먹었다.
　신조는 인지했다. 머릿속에 이전보다 훨씬 더 확연한

궤적이 그려졌다.

상단전을 개방하며 생긴 이능(異能)이 힘을 발하였다. 가히 예지에 가까운 예감이 길을 알려 주었다. 객관화된 의식 속에서 신조는 모든 것을 인지했다.

넷이 온다. 그 뒤에는 용조가 있다. 주변에는 비사문의 고수들과 흑의인들이 싸우고 있다.

머릿속에 투로 넷이 그려졌다. 본래는 사로였다. 도망치는 것 외에는 생로가 존재하지 않았다.

하지만 이제는 아니었다.

생각한 순간, 몸이 움직였다. 흑의인들이 인지했을 때는 이미 신조가 그들 사이에 들어와 있었다.

이탈.

흑의인들이 떠올린 것이었다. 하지만 그것을 행할 수 없었다. 신조가 흑의인들보다 빨랐다.

신조의 두 팔이 새가 날갯짓을 하듯 좌우로 펼쳐졌다. 어느새 거머쥔 두 자루 비수가 흑의인 하나의 목을 갈랐다. 다른 하나의 심장을 꿰뚫었다.

남은 둘이 좌우로 이탈하며 저마다의 무기를 뿌렸다. 신조는 보지 않았다. 하지만 모두 감지했다.

신조가 지면을 박찼다. 화령(火靈)의 잔영이 현란했

다. 눈을 한 번 깜박한 순간, 신조는 이미 흑의인 가운데 하나와 닿아 있었다.

일 촌 남직한 거리.

신조의 주먹이 움직인 순간, 흑의인의 가슴에서 홍련(紅蓮)이 피어올랐다.

촌타(寸打)였다. 심장이 박살 난 흑의인이 쓰러졌다. 화사하게 피었던 홍련이 어둠 속에 녹아들었다.

이제 하나 남았다. 신조는 흑의인에게 달려들지 않았다. 오히려 지면을 강하게 박차 허공으로 비상했다. 거리를 벌린 뒤 품에 남아 있던 마지막 비수를 뿌렸다.

흑의인이 들고 있던 벽력탄에 비수가 꽂혔다. 신조와 함께 자폭하려 했던 흑의인은 허무하게 폭사했다.

용조는 가쁜 숨을 몰아쉬었다. 가까스로 허공의 신조에게 눈동자를 굴렸다.

전신에서 일어난 기운이 붉었다. 오행 가운데 화(火)를 품고 있어 밤하늘에 강림한 불꽃의 영(靈)만 같았다.

이길 수 없다.

판단한 순간, 용조는 주저하지 않았다. 품고 있던 마지막 벽력탄을 정면으로 내던지며 손을 놀렸다. 피리로 급히 명을 하달한 뒤 전력으로 도주했다.

용조의 머리가 빠르게 회전했다.

신조의 저 상태가 길게 이어질 리 없다. 하지만 그 길고 짧은 사이에 어떤 일이 벌어질지 알 수 없다.

신조의 경공은 암룡, 아니, 황실 제일이다. 추살(追殺)에 특화된 그로부터 도망치기 위해서는 보통 방법으로는 안 된다.

신조가 바로 쫓아오지 못하도록, 최대한 바쁘게 만들어야 한다.

용조는 신조를 잘 알았다. 그리고 그가 가진 약점 또한 알았다. 십삼조는 분명 암룡의 전설이었지만, '십삼조'라는 하나의 집단이 전설인 것이지, 그들 하나하나가 전설인 것은 아니었다.

남은 흑의인들은 신조가 아닌 비사문의 고수들에게 득달같이 달려들었다. 다른 암룡 암부라면 여기서 용조를 쫓는다. 비사문의 고수 몇이 더 죽거나 다치는 일 따위는 신경 쓰지 않고 임무를 최대한 신속하게 끝낼 수 있도록 적의 머리를 친다. 하지만 신조는 그렇게 하지 못한다. 암부 주제에 잔정이 넘쳐 나고, 정파의 무인마냥 적이 아닌 이들의 인명을 소중히 여기는 신조는 그렇게 행동하지 못한다.

용조의 바람과 예상대로 신조는 용조를 쫓는 대신 비사문의 고수들을 보았다. 비사문의 고수들과 흑의인들 모두의 모습이 신조의 두 눈에 담겼다. 한 줄기 궤적이 신조의 머릿속에 각인되었다.

불꽃의 새가 지상에 강림했다. 호화롭고 현란한 진홍의 불길이 비사문 고수들 사이로 복잡한 궤적을 이뤘다. 불꽃이 지나간 자리에 서 있던 흑의인들은 자세가 흔들리거나 부상을 입었다. 비사문 고수들은 그 틈을 놓치지 않았다.

비사문의 역습이었다. 분기탱천한 비사문 고수들은 서슴없이 무자비한 살수를 펼쳐 흑의인들을 제압했다.

비사문주 서문용천은 자신의 곁에서 흑의인을 제압하는 신조를 보았다.

예사 인물이 아니라고 짐작은 했지만, 실로 압도적인 강함이었다. 강기에 오행의 힘을 담는 것은 정말 어려운 일이었다. 이름 높은 정파구주에도 그럴 수 있는 고수는 몇 없었다. 당장에 비사문에서도 서문용천 자신과 아우인 서문호천을 제한다면 겨우 셋에서 넷 정도를 더 꼽을 수 있을 터였다.

'상상 이상의 고수……!'

나이도 예상보다 많을지 몰랐다. 서문각과 비슷한 나이에 이 정도 경지에 올랐다고는 도저히 상상할 수 없었다.

사황오제삼신.

무림의 열두 지존인 그들과 필적할 만한 힘일지도 몰랐다.

다시 한 번 불꽃이 크게 일었다. 눈을 어지럽히는 화령이 어둠을 희롱하자 서문용천 주위에 있던 흑의인들이 더는 버티지 못하고 쓰러졌다. 모두가 가슴이나 목같은 급소에 일격씩을 허용한 결과였다.

불꽃의 강기 때문에 화려해 보이지만, 무시무시할 정도로 실리만을 추구한 투로였다. 무인이라기보다는 차라리 살수에 가까운 모습이었다.

누구일까?

누가 저런 무인을 키워 낸 것일까?

정말로 사문이 없는 것일까?

"하아…… 하아……."

거친 숨소리에 서문용천이 문득 정신을 차렸다. 흑의인들을 모두 쓰러트린 신조가 바닥에 한쪽 무릎을 꿇고 앉아 숨을 헐떡였다. 전신에서 피어올랐던 불꽃도 그 기세가 많이 누그러졌다.

신조는 어지러움을 느꼈다. 시야가 흐릿했다. 단전이 텅텅 빈 것만 같은 기분이었다.

불사신조 제일식.
홍염.

사용한 순간 모든 것이 달라졌다. 반응속도는 배 이상 높아졌고, 오감 또한 날카로워졌다. 거의 예지에 가까운 예감으로 모든 투로를 읽어 낼 수 있었다.

하지만 오래 지속할 수가 없었다. 이제 겨우 일다경도 되지 않은 것 같거늘, 온몸에 힘이 없었다.

'이게…… 일식인가.'

과연 스승님. 이게 겨우 시작이란 말인가. 그렇다면 이식과 삼식에 이르면 대체 어떤 일이 벌어진단 말일까? 그리고 신조 자신이 그것들은 감당해 낼 수 있을까?

신조는 이를 악물었다. 여기서 쓰러질 수 없었다. 아직 해야 할 일이 남아 있었다. 기감을 확장시켰다. 오로지 정면만을 향한 기감이 단숨에 백 장 밖 거리까지 뻗어 나갔다. 감지했다. 신조가 지면을 박찼다. 마지막 불꽃을 불태워 비상했다.

서문용천을 비롯한 비사문의 고수들은 그 뒷모습에 빠져들 수밖에 없었다. 칠흑 사이로 붉게 타오르는 한 마리 불새와도 같은 모습에, 어둠을 살라먹고 질주하는 그 속도에 감탄을 표했다.

용조는 필사적으로 경공을 펼쳤다. 모든 것이 예상 밖이었다. 다수의 벽력탄과 미혼향, 거기에 천마회의 마인을 서른 명이나 동원했음에도 불구하고 얻은 것이 거의 없었다. 고수 몇에게 부상을 입히고 비사문의 장원을 파괴한 것이 고작이었다. 본래라면 있을 수 없는 일이었다. 비사문의 중추를 모두 해치우고도 남을 힘을 투입했음에도 불구하고 모든 것이 어그러지고 말았다.

신조.

신조의 제자 따위가 아니었다. 신조 본인이었다. 더욱이 용조가 알고 있던 신조보다 몇 배는 더 강했다.

어서 빨리 흑룡에 소식을 전해야 했다. 뇌호나 맹저 때와 마찬가지로 광룡의 대주가 나서지 않는다면 신조를 해치울 수 없었다.

순간, 벼락같은 불길함이 용조의 등줄기를 스쳤다. 비사문의 장원을 벗어나기 직전이었다. 앞으로 담 하나만 넘으면 비사문 밖이었다. 용조는 이를 악물었다. 돌아보지 않기 위해 무진 애를 썼다. 하지만 끝내 돌아보고 말았다. 담을 넘기 위해 마지막 도약을 하며 등 뒤로 시선을 돌렸다.

홍염.

신조였다.

이제는 바로 지척이었다!

용조와 신조가 동시에 손을 놀렸다. 아니, 신조가 더 빨랐다. 용조가 당황해 만들어진 찰나를 비집고 들어가 동작을 어그러트렸다.

용조는 담을 넘지 못했다. 비사문의 마지막 담벼락 아래 추락했다. 신조가 그런 용조를 쫓았다. 낙하하는 속도를 고스란히 살려 용조의 복부를 무릎으로 찍었다. 하얀 귀신 가면 아래서 용조의 소리 없는 비명이 터졌다.

신조는 맨손이었다. 하지만 그것은 아무런 문제도 되지 않았다. 신조가 스승님에게 배운 것은 검술이나 창술이 아닌, 순수하게 '상대를 죽이는 기술'이었다. 신조의 두 손이 용조의 가슴을 헤집었다. 복부에 이어 심장에 타격을 줘 꼼짝도 못하게 한 뒤, 나머지 한 손으로 가면을 벗겼다.

용조의 얼굴이 드러났다. 서른 중후반 됨직한 남자의 얼굴이었다.

하지만 볼 수 있는 시간이 짧았다. 반격을 포기한 용조가 신조를 공격하는 대신 허리춤의 짧은 줄을 당겼다. 마지막 벽력탄에 불이 붙었다.

용조가 쓰게 웃었다. 신조는 급히 신형을 날렸다.

콰가캉!

용조의 육신이 폭발했다. 담벼락이 무너지고 땅이 깊게 파였다. 신조 역시 그 폭발의 여파를 완전히 피해내지는 못해 엉망으로 바닥을 뒹굴었다.

"하아…… 하아……."

신조는 어지러움을 느꼈다. 시야가 흐릿했다. 이제는 정말 한계였다.

멀리서 비사문의 사람들이 달려오는 소리가 들렸다. 신조는 결국 무너졌다. 타오르던 붉은 강기 역시 모두 사라졌다.

'비사…… 문…….'

서문각과 서문지혜가 있었다. 더욱이 비사문을 구원한 뒤였다. 뭐가 어찌 되었든 여기서 의식 한 번 잃는다고 죽지는 않을 터였다.

'늘…….'

이렇게 의식을 잃을 때면 뒤를 받쳐 줄 이들이 있었는데. 듬직한 맏형 창룡, 지략이 탁월했던 둘째 형 뇌호, 살가운 누나 요호, 정보통이었던 셋째 형 아랑, 여러 의미로 치명적이었던 둘째 누나 애묘, 늘 티격태격했던 셋째 누나 맹저.

'모두…… 무사하지?'

신조는 눈을 감았다.

그대로 의식을 잃었다.

◉

따스했다. 귀가 간지러웠다.

어린 시절이었다. 기억도 나지 않는, 어머니와 아버지와 함께하던 시절은 아니었다. 그보다는 조금 지난 이후, 죄인의 자식이란 이유로 소모품인 암부가 되었던

날보다도 조금 더 지난 시점의 기억이었다.

십삼조에 들어가고, 스승님을 만나 가르침을 받던 시절.

첫째 누나 요호의 허벅지를 베고 누워 있었다. 신조 자신이 열두어 살 무렵일까, 그때 이미 완연한 처녀였던 요호는 어머니나 다름없었다.

기억도 하지 못하는 어머니의 온기를 찾으며 눈을 감았다. 요호가 귀이개로 귀를 간지럽혔다.

"가만있어. 움직이다 다칠라."

요호의 목소리는 다정했다. 몸에서는 달콤한 살 냄새가 났다. 요호의 허벅지를 베고 누워 있을 때면 늘 저도 모르게 잠이 들었다.

하지만 그날은 그럴 수 없었다.

"애묘!"

"잠깐만 줘 봐."

눈을 떴을 때 보인 것은 애묘의 낭창낭창한 허리였다. 진청색 무복으로 몸을 감싼 그녀는 요호에게서 귀이개를 뺏어 들더니 음흉한 미소를 흘렸다.

"흐흐흐, 이 누님이 손가락에 힘을 빼면 어떻게 될까? 귀이개가 신조 귓속으로 쑥~ 들어가서 머릿속을 헤집을까? 아니지, 아예 직접 헤집어 줄까?"

애묘가 귀이개를 살짝 깊이 집어넣었다. 그 스산한
이질감에 신조는 순간 몸을 떨었지만, 어떻게 제대로
움직일 수도 없었다. 잘못 움직였다가 귀이개가 정말
귓속으로 들어갈까 봐 겁이 나서였다.

"애묘, 적당히 하렴."

"싫은걸~ 후후훗. 신조야, 신조야. 요호 언니랑 나
랑 둘 중에 누가 더 예뻐? 솔직하게 말해 보렴."

애묘가 귀이개를 살살 흔들자 끝부분이 신조의 귓속
을 건드렸다. 그 소름 돋는 감각에 신조는 이를 악물었
다.

"어서 답해 보렴."

"애묘, 적당히 하지 못하니?"

요호가 살짝 성이 난 목소리를 냈지만 소용없었다.
애묘는 눈웃음만 치며 신조 놀리기에 열중했다.

마른하늘에 날벼락을 맞은 신조는 정말로 죽을 맛이
었다. 이러지도 저러지도 못하고 있는데 다시 누군가가
쓱 다가와서 애묘의 손에 들린 귀이개를 뺏었다.

맏형인 창룡일까, 아니면 둘째 형 뇌호? 애묘에게서
귀이개를 이리 쉬이 뺏을 수 있는 사람이라면…….

"아욱!"

신조는 묘한 소리를 내며 뒹굴었고, 신조의 엉덩이를 걷어찬 소녀는 흥, 하고 콧김을 내뿜었다.

"야!"

"야라고 부르지 말랬지?"

맹저가 다시 신조를 걷어찼다. 요호는 눈살을 찌푸렸고, 애묘는 배를 잡고 웃었다.

"왜 그러는데!"

신조가 다시 악을 쓰자 맹저는 고개를 살짝 기울이더니 이내 활짝 웃었다.

"그냥 언니들 사이에서 시시덕거리는 게 마음에 안 들어서."

"시시덕은 무슨!"

신조는 주먹을 쥐고 자리에서 벌떡 일어섰다. 애묘와 요호는 사라졌다. 소녀 맹저도 사라졌다. 스무 살 무렵, 완숙한 처녀로 자란 맹저가 신조 앞에 서 있었다.

요호나 애묘 같은 절세미녀는 아니었지만, 맹저는 고왔다. 단아한 아름다움이 있었다.

그녀는 엷게 미소 지었다.

"바보."

"맹…… 저?"

맹저는 가만히 손을 뻗어 신조의 뺨을 어루만졌다.
그 얼굴을 올려다보며 약간은 물기 어린 목소리로 말했
다.

"잘 지내."

○

신조는 눈을 떴다. 반사적으로 상체를 벌떡 일으켜
세웠다. 호흡이 거칠었다. 이마에서는 식은땀이 흘렀다.

주변을 둘러볼 겨를도 없이 숨을 골랐다. 가슴팍에서
흘러내린 비단 이불을 보고 아직 비사문 내일 거라 짐
작하는 것이 고작이었다.

"괜찮으세요?"

다정한 목소리와 함께 여인의 손길이 다가왔다. 신조
는 눈동자를 굴렸다. 서문지혜가 하얀 천으로 신조 자
신의 이마에 흐른 식은땀을 닦아 내려 했다.

신조는 그 손길을 거부하지 않았다. 곱게 차려입은
서문지혜의 모습에서부터 비사문이 현제 안전하다는 사
실을 이끌어 냈다.

"걱정했습니다."

서문지혜의 목소리에는 은근한 감정이 실려 있었다. 여인 특유의 달콤한 살 냄새가 신조의 코끝을 간지럽혔다.

서문일미라고도 불리는 서문지혜였다. 그 미모는 참으로 매력적이었지만 신조의 눈을 어지럽히지는 못했다. 신조는 그저 물었다.

"내…… 가 얼마나 쓰러져 있었소?"

천하의 서문지혜가 바짝 몸을 붙이고 앉아 있음에도 불구하고 신조의 목소리나 얼굴에는 조금의 색욕도 묻어나지 않았다. 그 사실이 서문지혜의 자존심을 자극했지만, 동시에 호감 또한 이끌었다.

신조는 비사문의 모두가 예상했던 것 이상으로 강했다.

삼봉사룡과 오성 가운데 최강이라는 흑사문의 사정혜도 신조만큼은 아닐 것 같았다. 어쩌면 일문의 문주 수준을 넘어 무림의 열두 지존인 사황오제삼신에 필적할지도 몰랐다.

비사문 입장에서는 놓칠 수 없는 대어였다.

서문지혜도 신조의 강함이 마음에 들었다. 교태 섞인

목소리를 신조에게 속삭였다.

"자그마치 사흘……."

서문지혜의 말은 끝을 맺지 못했다. 신조가 급히 몸을 일으킨 탓이었다.

"무례를 용서해 주오!"

되는대로 소리친 신조는 급히 방문을 나섰다. 황망한 얼굴의 서문지혜를 버려두고 단번에 지면을 박차 허공으로 비상했다.

주변을 살폈다. 현재 위치를 파악했다. 비사문의 내원, 서문가의 직계들만이 출입이 가능한 공간.

서문지혜의 태도만으로도 비사문이 신조 자신을 어떻게 할 속셈인지는 명확했다. 하지만 신조는 일단 그쪽으로는 생각을 잇지 않았다. 본래 자신이 머물던 별채의 위치를 확인했다.

추락과 도약은 거의 동시에 일어났다. 신조는 질풍이 되었다. 쏜살같이 내달려 별채에 도달했다.

신조의 질주에 놀란 이 몇을 오는 도중 마주치긴 했지만, 별채에는 이렇다 할 인기척이 없었다. 신조는 서둘러 안으로 들어섰다. 청조를 숨겨 두었던 방으로 달려가 급히 비밀 장소의 문을 열었다.

"하아…… 하아……."

차오른 숨은 이내 안도의 숨이 되었다. 어둠에 뒤덮인 비밀 장소 구석에는 청조가 몸을 웅크리고 있었다.

예상대로였다. 소음까지 완전히 차단한 비밀 장소였으니까. 청조는 밖의 사태가 어찌 끝났는지 짐작도 할 수 없었겠지. 그리고 사흘이라면 인내심을 가지고 버텨 볼 만한 시간이었다.

청조가 조심스럽게 고개를 들었다. 어둠 속에만 있다 빛을 쐰 탓에 눈살을 찌푸렸지만, 이내 신조의 모습을 확인했다. 와락 울음을 터트렸다.

"으아앙!"

신조는 자신의 가슴팍에 매달린 청조를 밀어내지 않았다. 그저 손을 뻗어 청조를 마주 안아 주었다. 그 등을 가볍게 토닥였다.

"옷 젖는다."

괜히 한 소리 해 보았지만 청조는 울음을 그치지 않았다. 사흘 동안 저 좁고 어두운 곳에 홀로 숨어 오만 가지 상상을 했을 터이니 나올 만한 반응이었다. 아무리 하오문의 여인이라 하나 청조는 아직 어렸다.

청조가 어느 정도 울음을 그치자 신조는 청조를 살짝

밀어냈다. 품에서 작은 천 조각 하나를 꺼내 내밀었다.

"자."

청조는 곧 그 뜻을 이해했다. 얌전히 천 조각을 받아 들어 코를 풀었다.

"킁."

눈도, 코도 모두 붉었다. 이제야 좀 창피함을 느꼈는지 뺨도 붉었다.

"잘 참았다."

신조는 청조의 부드러운 뺨을 꼬집었다. 청조는 눈물을 훌쩍이더니 다시 한 번 코를 풀었다.

◉

─천마회(千魔會)의 비사문 습격!

청월은 물론이거니와, 서쪽 땅 전체가 뒤흔들렸다. 스스로를 천마회라 지칭하는 무리들이 비사문을 쑥대밭으로 만들었으니 당연한 일이었다.

천마회는 다수의 사상자를 내고 도망치긴 했지만, 고작해야 서른 명도 되지 않은 인원들에 비사문이 유린당했다는 사실은 변하지 않았다.

장원 곳곳이 파괴되었고, 싸움에 휘말려 죽은 이도 한둘이 아니었다. 검기상인의 경지에 오른 고수들 가운데서도 몇이나 사망자가 있었다.

비사문은 침묵을 지켰다. 그리고 그것이 사람들을 더욱 두렵게 하였다. 청월루 사건이 있은 지 보름도 되지 않아 이번에는 비사문 본문이 공격당했다. 비사문의 분노가 얼마나 클지는 삼척동자도 능히 짐작할 수 있었다.

천마회는 무엇인가.

그들은 왜 비사문을 공격했는가.

청월루를 공격한 이들 역시 천마회인가.

사람들의 이목이 집중되었다. 개원과 하오문뿐만 아니라 서쪽 땅에 발이 닿아 있는 모든 정보 조직들이 활동을 개시했다.

"괜찮네."

본래 머물던 별채에서 유성을 마주한 신조는 들고 있던 단검 한 자루를 내려놓았다. 똑같은 모양의 단검 열 자루가 붉은 비단 위에 나란히 늘어서 있었다.

신조가 유성에게 부탁한 물건들이었다. 천마회와의

전투에서 가지고 있던 단검들을 모두 소진했으니 미리 채워 둘 필요가 있었다.

"말씀하신 대로 최대한 부피를 줄여 보았습니다."

"그래, 멋지게 만들어 봐야 쓸모없지."

날카로운 날 아래 칼날과 거의 같은 폭의 새카만 손잡이가 달린 것이 전부였다. 열 자루 가운데 다섯 자루를 품 안에 챙긴 신조는 유성의 다음 말을 기다리는 대신 먼저 말을 꺼냈다.

"그래서, 결국 도착하지 않은 건가?"

"예."

신조 자신이 깨어나고 다시 삼 일이 지났다. 약조된 날이 하루 지났지만 아랑의 서신은 도착하지 않았다.

"이제까지 기일을 어겼던 적은?"

"없습니다."

신조는 눈을 감았다. 지난 삼 일 동안 비사문에서 머물며 많은 생각을 했다.

신조 자신이 십삼조와 함께 죽이거나 뇌옥에 잡아넣은 마인들로 구성된 천마회. 그들이 이 모든 일의 배후인 것일까? 신조 자신뿐만 아니라 다른 십삼조 모두 그들의 표적이 된 것일까?

그들은 누구인가.

어떻게 이미 죽은 마인들의 무공을 사용하는 것인가. 무슨 수로 황실의 뇌옥에서 죽었을 마인들을 빼낸 것인가.

신조는 눈을 떴다.

"더 이상 가만히 앉아 기다리고 있을 수만은 없지."

놈들의 표적이 신조 자신만이 아니라면 움직여야 했다. 놈들로부터 형들과 누나들을 지켜 내야 했다.

꿈속에서 보았던 모두가 아른거렸다. 뺨을 어루만지며 잘 지내라 말했던 맹저가 마음을 들쑤셔 놓았다.

"너."

신조가 유성을 보았다. 아랑의 젊었을 적 모습이 자꾸만 떠올랐다. 방탕함 속에 날카로움을 갖춘 아랑의 제자에게 물었다.

"내가 신조라 확신한 이유가 무엇이냐?"

유성이 처음 스스로가 아랑의 제자라 밝혔을 때는 너무 경황이 없어 그러려니 하고 넘어갔지만, 다시 생각해 보면 위화감이 들지 않을 수 없었다.

청안독노를 단숨에 해치웠다 하여 신조 본인이라 생각한다니, 비약이 심했다. 무림은 넓어 오성 가운데 하나인 살성 사정혜처럼 젊다 못해 어린 나이에 이미 검기상인을 넘어 그 이상의 경지를 넘보는 자들도 있었다.

신조의 외모는 지금 젊었다. 신조 스스로가 해내기는 했지만, 반로환동은 말 그대로 전설 속에나 나올 법한 이야기였다.

신조는 암룡에서 늙었다. 아랑도 신조가 정상적으로 늙었다는 사실을 잘 알고 있었다. 청안독노나 애묘 같이 젊은 외모를 유지하기 위해 오랜 시간 노력을 기울이지도 않았으니, 상식적으로 갑자기 외모가 젊어질 길은 없었다.

그런데 유성은 신조가 자신의 사숙이라 확신했다.

어떻게, 무엇을 근거로.

"스승님이 말씀하셨습니다."

"아랑 형님이?"

"예, 가능성은 낮지만…… 신조 사숙께서 젊은 모습으로 나타날 수도 있다고 말입니다."

신조는 눈을 가늘게 떴다. 유성은 지금 거짓말을 하는 것이 아니었다. 반로환동 이후 더없이 날카로워진 감이 그렇게 말하고 있었다.

"형님의 말씀은 단지…… 그것뿐이었나? 딱히 근거 같은 것은 없고?"

"그럴지도 모를 이유에 대해서는 말씀해 주시지 않았습니다. 저도 설마 그것이 반로환동일 것이라고는 짐작하지 못했습니다."

유성은 차분했다. 보면 볼수록 아랑 형을 닮았다. 십삼조 일곱 가운데서 가장 감정을 읽을 수 없는 것은 현혹술의 달인인 요호도, 진정 요물이나 다름없는 애묘도 아니었다. 아랑이었다. 아랑이 작정하고 스스로를 감추면 그 누구도 그 감정을 읽어 낼 수 없었다.

유성의 눈은 아랑을 닮았다.

신조는 생각했다.

셋째 형은 어째서 그런 말을 한 것일까?

'설마……'

신조 자신이 반로환동한 것이 우연이 아니라면?

'아니, 그럴 리가 없어.'

신조는 마음속으로 고개를 가로저었다. 갑작스런 발작에 이어진 깨달음이었다. 인위적으로 조작할 만한 일이 아니었다.

아랑 형은 왜 그런 말을 했던 것일까?

신조는 생각을 그만두었다. 지금 숙고할 일은 아니었다. 정 답이 나오지 않으면 나중에 아랑을 찾아 물으면 될 일이었다.

신조는 소리 죽여 말했다.

"난 이제부터 암룡과 접촉하겠다. 넌 셋째 형의 행방을 수소문해 봐라."

"그뿐입니까?"

"그뿐이다. 조만간 내가 다시 널 부르마."

"알겠습니다."

유성은 목례한 뒤 자리에서 일어나 방을 나섰다. 청월루의 터줏대감인 도협이 신조와 접촉하는 것을 기이한 눈으로 바라보는 자는 없었다. 청월루가 망한 이후 유성은 뻔질나게 비사문을 드나들었기 때문이다. 서문각에게 적절히 흘려 놓은 거짓 정보도 있어, 비사문은 '대철'과 유성이 과거 하오문의 일로 몇 번 만난 적이 있는 사이로 알고 있었다.

유성이 나가자 신조는 남은 비수 다섯 개 역시 품 안에 갈무리했다. 유성에게 끝내 꺼내지 못하고 삼켰던 말을 되새겨 보았다.

'요호 누나를 찾아 줘.'

십삼조에서 가장 먼저 은퇴한 요호였다. 암룡의 법칙 때문에 만나지 못했지만, 그 소식은 여러 번 전해 들었다. 단 한 번뿐이었지만 먼 곳에 서서 요호와 그 새로운 가족들을 바라본 적도 있었다.

다른 누구보다도 그녀가 걱정되었다. 애묘나 창룡이 누군가에게 당할 거라고는 상상도 할 수 없었다. 뇌호와 맹저도 마찬가지였다. 둘은 암룡제일의 지략가와 주술사가 아닌가. 신조 자신도 이렇게 무사한데 저 넷이 당할 리가 없었다. 당장 소식이 닿지 않는 셋째 형 아랑은 몸을 숨기고 안전을 도모하는 데 있어서는 십삼조 가운데서도 최고라 할 만 했으니 무사할 것이 분명했다.

하지만 요호는 아니었다. 그녀는 은퇴한 지 벌써 삼십 년이 넘었다. 천마회란 놈들이 정말로 십삼조를 노리고 있는지는 아직 알 수 없었지만, 만일 그렇다면, 그래서 요호도 노리고 있다면, 생각하는 것만으로도 아찔했다. 머리털이 거꾸로 곤두서는 기분이었다.

'하오문은 동원하지 않는다.'

그저 그녀가 잘 지내는지 확인하면 될 일이었다. 사는 곳을 대략적으로나마 알고 있으니 따로 사람을 고용해 확인해 보면 될 일이었다. 자칫 하오문을 동원했다가는 오히려 천마회 놈들에게 요호의 위치를 노출시킬 위험이 있었다.

신조는 마지막으로 숨을 고른 뒤 자리에서 일어섰다. 유성에게 이야기했듯이 암룡과 접촉해야만 했다.

☯

비사문주 서문용천은 일문의 문주에 어울리는 인품과 기품을 두루 갖춘 이였다. 비록 여타 문파에 비해 상업에 치중한 비사문이었지만, 서문용천의 공명정대함과 의기는 정파구주의 어느 문주에게도 뒤지지 않았다. 문주가 되기 이전 그의 별호였던 '서문일협'이 이를 증명했다.

문주의 개인실에서 아우이자 비사문의 실무를 총괄하고 있는 벽력태도 서문호천을 마주한 서문용천이 입을 열었다.

"그래, 결국 알아낸 것은 없나?"

"없소. 땅에서 솟은 것처럼 영주 땅에서 갑자기 나타난 놈이오."

비검과 권각술로 유명한 비사문에서 한 자루 태도를 휘두르는 서문호천은 꽤나 이질적인 존재였다. 하지만 서문용천은 젊은 시절부터 강호를 주유하며 세상 보는 눈을 기른 아우를 그 누구보다도 신뢰했다.

신화시대의 신장을 연상시키는 거한인 서문호천의 부정적인 보고에 서문용천은 혀를 찼다.

"허, 그렇다면 본인 말마따나 은거기인의 제자라도 된단 말인가?"

신조, 비사문이 대철이라 알고 있는 인물에 관한 이야기였다. 나이를 아무리 높게 잡아도 서른 이상이 되지 않을 외모였음에도 불구하고 그 몸에 지닌 무공은 일문의 문주 이상이었다. 비사문 제일고수인 서문용천 자신도 오행 가운데 하나인 화의 기운을 불사르던 신조를 상대로 승리를 장담할 수 없었다.

서쪽 땅은 물론이거니와, 중원 전체를 뒤흔들 만한 신진 고수의 출현이었다. 그런데 그 고수의 연원이 분명치 않았다. 신조 본인은 은거기인의 제자라는 말을 했지만, 그 무위가 저렇게나 높으니 어찌 그 말을 쉬이 믿을 수 있단 말인가.

개인이 길러 낼 수 있는 무인에는 한계가 있었다. 똑

같은 자질을 가졌다 할지라도 조직의 힘으로 길러 낸 무인이 더 높은 경지에 이르는 법이었다. 흑사문주가 천하제일의 기재라 선언한 살성 사정혜가 그 증거였다. 그녀의 재능은 천하제일이란 소리를 입에 담을 만하였지만, 단지 재능만으로 지금의 무위에 오른 것이 아니었다. 날 때부터 전신 기혈을 타통하고 무수한 영약을 섭취한 결과였다.

하지만 서문용천은 은거기인의 제자라는 신조의 말을 믿고 싶었다. 그리고 그것은 서문호천 또한 매한가지였다.

"그렇다면 좋지. 딱히 마교 놈 같지도 않던데."

마교란 새외와 중원의 경계에 자리한 새외삼각 가운데 일각이자, 홀로 능히 서쪽 땅 전체와 맞설 수 있다 불리는 '일월성교'를 지칭하는 말이었다. 백 년 전, 온 세상을 뒤흔들었던 혈랑마존의 혈겁 이후 이렇다 할 문제를 일으키고 있지 않은 마교였지만, 태생부터가 정파와는 섞일 수 없는 무리들이었다.

서문용천이 다시 물었다.

"마교는 아닐지라도 새외(塞外)의 인물일 가능성은 없나?"

"없지는 않소. 외모 보면 색목인 피도 좀 섞인 것 같더만."

중원을 넘어 새외로까지 나가 본 바가 있는 서문호천이었다. 신조의 얼굴에는 새외인들의 느낌이 묻어났다.

"흐음……."

서문용천은 잠시 숨을 고르며 생각을 점검했다. 목소리를 낮춰 말했다.

"비사문이 손에 넣어야 한다."

신조 정도의 고수라면 어느 문파든 탐을 낼 것이 분명했다. 더욱이 배경 또한 없으니 이보다 조건이 좋을수도 없었다.

서문호천이 웃었다.

"그렇잖아도 지혜가 요새 자주 드나든다고 들었소. 고 계집애도 마음이 있는 거요?"

"아무래도 그런 모양이다. 좋은 일이지."

아름다운 외모만큼이나 도도하고 자존심이 강해 말썽인 서문지혜였다. 그런 그녀가 먼저 호감을 보이니 딸 가진 아비 입장으로서도 마음이 놓였다.

서문호천이 덥수룩한 수염을 쓰다듬으며 말을 보탰다.

"그런데 말이오, 내 듣기로는 대철이란 자가 하오문 계집년하고 좋아 죽는다던데? 깨어나자마자 달려간 것도 고년 앞이었고 말이오. 더욱이 툭하면 볼을 꼬집는 것이, 여간 친밀한 사이가 아닌 것 같소."

노인이 나이 어린 여아의 뺨을 귀엽다 꼬집는 것도 아니고, 한창 나이의 남녀가 서로의 볼을 꼬집는다는 것은 보통 사이가 아니라는 증거라고도 할 수 있었다. 서문용천은 미간을 찌푸렸지만 이내 다시 말했다.

"하오문의 계집이면 결국 창기나 다름없다는 소리다. 지혜의 상대가 되지 못해."

공명정대하기로 이름 높은 서문용천이었지만 그도 결국엔 일문의 문주였다. 더욱이 서쪽 땅에서 오랫동안 세를 유지해 온 호족인 서문가의 가주이다 보니 하오문의 무리들을 낮게 볼 수밖에 없었다.

영웅은 호색이라 했으니 그저 데리고 노는 정도일 것이 분명했다. 비사문의 금지옥엽인 서문지혜와 하오문의 근본 없는 창기 따위가 어찌 비교가 된단 말인가.

서문용천은 그쪽으로는 더 이상 생각을 하지 않았다. 서문호천에게 다른 것을 물었다.

"천마회 건은 진척이 없나?"

"없소. 가면 아래 얼굴은 형님도 보지 않았소?"

서문용천이 대번에 얼굴을 구겼다. 천마회의 마인들은 모두 코와 귀가 잘려져 있었다. 뿐만 아니라 외모를 알아볼 수 없게 할 요량인지 얼굴 곳곳을 불로 지져 그야말로 누가 누군지 분간이 불가능한 수준이었다.

"끔찍한 족속들이다."

인명을 얼마나 경시하면 그런 짓을 할 수 있단 말인가.

서문호천이 험상궂게 웃었다,

"이건 아무리 봐도 선전포고 아니겠소?"

신조의 활약으로 공격이 무산되긴 했지만, 그때 만약 신조가 나서지 않았더라면 비사문은 크게 낭패를 볼 뻔했다. 부끄러운 이야기지만 서문용천이나 서문호천, 둘 가운데 하나가 목숨을 잃었을지도 몰랐다.

천마회는 그만한 일을 벌였다. 정파구주 가운데 하나인 비사문을 습격해 장원을 파괴하고 문주를 비롯한 고수들의 목숨을 위협했다.

"아무래도 그런 느낌이 강했다."

비사문에 원한이 있다기보다는 자신들의 이름을 떨칠 대상으로 비사문을 택했다는 느낌이었다. 그리고 그

것이 더욱 서문용천의 자존심을 자극했다.

서문호천이 빠르게 말했다.

"그래도 놈들…… 예상 이상의 피해를 봤을 거요. 죽은 건 스물댓 명 정도지만 하나하나가 최소 검기상인, 그것도 입문을 넘어 절정에 이른 경지였소. 쉽게 키울 수 없지."

평범한 무재를 타고난 무인이 홀로 검기상인의 경지에 오르는 나이는 마흔에서 쉰 사이였다. 거의 삼십 년 가까운 세월을 무공에 투자해야 한다는 소리이니 단기간에 양성한다는 것은 그야말로 꿈같은 소리였다.

더욱이 스물이란 숫자도 결코 적지 않았다. 정파구주 가운데 최강이라 불리는 천검문도 검기상인의 고수는 백을 헤아리지 못했다.

놈들은 어마어마한 피해를 본 것이나 다름없었다.

하지만 서문용천의 얼굴색은 여전히 어두웠다.

"애당초 그 정도 숫자의 고수들을 길러 내고 투입한 놈들의 저력이 두렵구나. 최소한 정파구주나 사파칠주에 필적할 게야."

이름처럼 천 명의 마인으로 구성되었을 리는 만무했지만, 그렇다 해도 그 저력을 쉬이 짐작할 수 없는 무리들이었다. 결정적으로 놈들이 습격에 사용한 독이 문제였다. 벌써 며칠이나 지났지만 아직까지 해독약은커녕 그 성분 분석조차 제대로 해내지 못했다.

서문용천이 서문호천에게 다시 물었다.

"영주 땅에서 청월까지의 여정에서 대철을 노린 것도 놈들인가?"

"가능성은 반반."

"대철이 놈들을 비사문으로 끌어들였을 공산은?"

"아무래도 낮지. 놈들은 형님과 날 비롯한 비사문 고수들을 죽이는 데 더 주력했소."

만약 영주 땅에서부터 대철, 신조를 노린 것이 천마회라면 대체 무슨 목적으로 신조를 노린 것일까? 그리고 아니라면 신조는 대체 누구에게 쫓기고 있단 말인가.

신조를 미래의 사위 후보에 올려 둔 서문용천이었다. 그리고 비단 그것이 아닐지라도 천마회의 비사문 습격은 서쪽 땅 전역을 뒤흔들 만한 일대 사건이었다. 신중해질 수밖에 없었다.

"진선도에도 정식으로 사람을 보내라. 우리 비사문만의 일이 아닐 것 같다."

"알겠소."

이야기가 일단락되자 서문호천이 방을 나섰다. 홀로 남은 서문용천은 의자에 몸을 깊이 묻으며 지친 눈을 감았다.

"천마회라……."

간헐적으로 나타나 세상을 시끄럽게 했던 마인들과는 상황이 달랐다. 어쩌면 혈랑마존의 살겁 이후 최대의 위기일지도 몰랐다.

천마회.

일천의 마인.

서문용천의 얼굴에서 어둠이 가시지 않았다.

●

당금 황제의 나이는 어려 이제 고작해야 아홉 살에 불과했다. 자연히 정국은 외척과 대신들의 손에 놀아날 수밖에 없었다.

현재 황실에서 가장 강한 힘을 가진 것은 대승상이었다. 황제의 장인이기도 한 그의 손안에서 황실의 대소사가 모두 좌우된다 해도 과언이 아니었다.

어전에서 국정을 논하는 자리였으나 대소 할 것 없이 신하들의 눈과 귀는 황제가 아닌 대승상에게 향했다. 커다란 권좌에 파묻히듯 앉은 황제 앞에 오롯이 선 대 승상은 문신답지 않게 기골이 장대한데다 눈에서는 정 광이 넘치니 실로 거인의 풍모였다. 그 외양에 어울리 는 쩌렁쩌렁한 목소리로 말했다.

"북방 오랑캐가 설치니 이번에 제대로 대국의 힘을 보여야 할 것 같소."

승상은 문사들이 좋아하는 거창한 수식어구를 즐겨 쓰지 않았다. 직설적인 화법이야말로 그가 선호하는 것 이었다.

승상의 입에서 나온 말이니 이는 이미 결정 사항이나 다름없었다. 빠른 속도로 출정 계획이 진행되었다.

"광룡에서도 이번에는 힘을 써 주셔야겠소."

말을 던진 것은 삼 대째 황실을 모시고 있는 대장군 야율척이었다. 늙어 빠진 육신과 달리 여전히 힘이 넘 치는 그의 눈을 마주하며 광룡의 여섯 대주를 아우르는 용왕대주 진무홍이 보기 좋은 미소를 그렸다.

"여부가 있겠소. 맡겨 주시오."

대장군부는 나날이 힘을 잃어 가고 있었다. 하지만

근위대와 제의 수십만 대군을 총괄하는 대장군부의 세력을 벌써부터 무시할 수는 없었다. 정권을 장악한 대승상이 광룡에 힘을 실어 주고 있으니 언젠가는 찍어 누를 수 있을 터였지만, 지금은 아니었다.

광룡의 구성원들은 대다수가 황실의 녹봉을 받는 신하들의 둘째 혹은 셋째 자제들이었다. 자연히 신권을 대표하는 승상의 무력으로 취급받을 수밖에 없었다. 대장군부가 광룡을 경계하는 이유도 그래서였다.

대략적인 논의가 어느 정도 마무리되었다. 기실 애당초 출병은 정해진 일이었고, 구체적인 사안은 이 자리에서 정할 수도 없는 것이니 이야기가 길어질 것도 없었다. 대승상이 황제를 돌아보며 말했다.

"폐하, 정병 오만 명과 광룡으로 북방 오랑캐를 치려합니다. 윤허하시겠습니까?"

"윤허하겠소."

작은 황제는 권태로운 얼굴로 그리 말했다. 가만히 앉아 있기 좀이 쑤시다는 듯 앉은 상태로 자꾸만 팔다리를 놀렸다.

대승상은 만족스런 얼굴로 돌아섰다. 백관들을 돌아보며 명했다.

"당장 준비를 시작하시오."

연례행사처럼 북부 국경을 두드리는 오랑캐들의 본거지로 역공을 가해 최소 십 년은 감히 국경을 돌아보지 못하게 하라.

백관들이 허리를 숙이며 한목소리로 응답했다.

●

제가 건국된 것은 삼백 년 전이었다.

당시 천하를 호령하던 국가는 조였는데, 조의 황제는 천하를 다섯으로 나누어 다스렸다. 중앙은 황제가 친정하였고, 동서남북 사방위는 각기 네 명의 대제후가 나누어 다스리는 체제였다.

조를 거꾸러트리고 제를 세운 것은 서쪽의 대제후인 '영'이었다. 황제가 된 영은 조의 체제가 너무나 위험하다 판단했다. 대제후 밑의 제후들은 황제가 아닌 대제후에 충성하기 마련이었으니 말이다.

영은 자신과 같은 대제후가 다시 나타나지 않기를 바랐다. 때문에 기존의 체제를 파괴하고 전국을 아홉 개의 주로 나누었다.

더 이상의 대제후는 없었다. 영은 각 주에 관리를 파견했다. 도장 수준이던 무림방파들을 크게 키워 지방의 관리를 견제하는 수단으로 삼았다.

영의 생각은 나쁘지 않았다. 실제로 제 황실은 조와는 비교도 되지 않을 정도로 강한 힘을 전국 곳곳에 행사할 수 있었다.

하지만 세월이 흘러 소위 말하는 '무림'이라는 것이 구체화되자 문제가 조금씩 달라졌다.

무인들이 너무 강해졌다.

조의 시대에도 무인들은 존재했다. 하지만 대부분이 한계가 명확한 이들이었다. 간혹 천력을 타고난 이가 초월적인 힘을 보이긴 했지만, 극소수에 불과했다. 인세에 가끔씩 모습을 비추는 선인들은 애당초 인간 세상에서 벗어난 이들이니 문제가 되지 않았다.

강한 무인이라 주변에 소문이 자자한 자도 창과 방패로 무장한 병사 스물을 당해 내지 못하는 것이 현실이었다.

그런데 그런 현실이 어느 순간부터 달라졌다.

세력이 커지고, 연구를 거듭하고, 한 세대에서 이룬 성과가 온전히 다음 세대에 이어지고.

이 같은 일들이 반복되자 인간이라고는 생각할 수 없는 '초인' 들이 나타나기 시작했다.

내공이라는 것을 몸에 쌓은 무인들은 과거 천력을 타고난 이들이나 할 수 있던 일들을 쉬이 해냈다.

일 장 높이의 담을 아무런 도구 없이 가볍게 뛰어넘었다. 보통 사람보다 배는 빠르게 달렸고, 검기라는 것을 씌운 검으로 방패와 창을 종잇장처럼 갈랐다.

이런 자들이 하나둘이 아니었다. 말 그대로 양산되었다.

정병 일백으로도 고강한 무인 하나를 상대하기 힘들었다. 그런 무인이 밑에 자신보다 못하다 하나 일반적인 인간을 초월하는 초인들 여럿을 수하로 부리니 큰 위협이 아닐 수 없었다.

황실도 가만히 있을 수 없었다. 적극적으로 무인들을 초빙해 힘을 갖추었고, 그들을 바탕으로 새로운 황실 고수들을 길러 냈다.

무공은 나날이 발달했다. 무인과 보통 사람의 격차는 계속 벌어져만 갔다.

무인은 어디까지 강해질 수 있는가.

그렇게 강해진 무인은 어느 정도의 일을 벌일 수 있

는가.

제가 건국되고 이백 년, 해답이 되는 사건이 발생했다.

혈랑마존의 혈겁이었다.

혈랑마존은 일개 개인이었다. 하지만 그야말로 진정한 초월자였다.

혈랑마존은 홀로 십여 개의 무림방파를 멸문시켰다.

제를 전복하려는 무리들을 수하로 삼아 하나의 세력을 이루었다.

황실은 혈랑마존과 그 무리들을 격퇴하기 위해 정병 오만과 더불어 황실 고수 수백을 파견하였다.

아무도 패배를 생각하지 않았다.

현실적으로 있을 수 없는 일이었다.

그런데 일어났다.

오만 대군은 문자 그대로 전멸했다. 황실이 파견한 고수들 또한 혈랑마존 단 한 명에게 몰살당했다.

만부부당.

그 말로도 부족했다.

진정한 초인. 진정한 초월자.

황실은 두려워했다. 황제는 공포에 떨었다.

혈랑마존이 황실에 침투한다면 과연 막을 수 있을 것인가.

그가 황제를 죽이고자 한다면 무엇으로 그를 막는단 말인가.

황실은 움츠러들었다. 숨을 죽이고 혈랑마존의 폭주를 지켜만 보았다.

혈랑마존을 막아 낸 것은 '무림인' 들이었다.

사황오제삼신.

정사새외를 막론하고 모인 절대고수 십이 인이 연수합격을 펼쳐 혈랑마존을 쓰러트렸다. 하지만 이 싸움으로 인해 수많은 무인들이 목숨을 잃었다. 사황오제삼신도 예외는 아니었다. 그들 가운데 살아남은 것은 오직 검신 용화성, 단 한 사람뿐이었다.

이 모든 사태를 지켜본 황실은 지금까지와는 다른 방식으로 황실 무인들을 육성해야 한다는 판단을 내렸다.

그것이 광룡.

황실 무력의 상징이었다.

●

"곤란하게 되었군."

용왕대주 진무흥 휘하 광룡의 여섯 대주가 모두 모였다. 광룡의 북방 원정군 참여는 계획에 없던 일이었다.

"승상께서 일을 추진하신 이유는 대강 짐작이 가지만……득보다는 실이 많은 것 같군."

황권대를 이끄는 황룡은 여섯 대주 가운데서 가장 거대하고 강건한 육체의 소유자였다. 색목인의 피가 섞인 그의 머리칼은 황금빛이었다. 서역에서 잡혀 온 성노가 낳은 자식이었지만, 그 재능과 실력만으로 광룡 대주의 자리까지 오른 입지적인 인물이었다.

"이렇게 되면 움직일 수 있는 것은 천마회뿐인가."

적룡이 불만스런 얼굴로 찻잔을 노려보았다. 광룡의 선봉장이라 불리는 자답게 직선적인 성격인 적룡은 작금의 상황이 마음에 들지 않았다. 나이 쉰에 접어들었지만 여전히 홍안인 얼굴에 불만이 가득했다.

"비사문을 공격한 용조와 천마회 마인 스물여섯이 목숨을 잃었다."

흑룡이 말했다. 여섯 대주 가운데 유일한 여성인 그녀는 선황의 사생아였다. 본래라면 광룡보다는 암룡에 어울리는 그녀였지만, 이제 와 그런 말을 입에 담는 자는 없었다. 검은 망사에 가려진 그녀의 얼굴은 보이지 않았다. 무미건조한 목소리에서도 감정을 읽기 힘들었다.

"예상 밖의 일이야. 미혼향도 사용했을 터인데 말이야. 보다 자세한 사정은 아직인가?"

녹룡이었다. 여섯 대주 가운데 가장 나이가 많은 그였지만 딱히 존대를 바라지 않았다. 여섯 대주 사이에는 높고 낮음이 없는 법이었다.

청월에서 황실까지는 말을 바꿔 타며 달려도 칠에서 팔 일은 족히 걸릴 거리였다. 청룡이 걸어 둔 주술 덕분에 용조와 천마회의 마인들이 죽었다는 사실 자체는 알았지만, 누구에게, 어떤 방식으로 죽었는지까지는 아직 알 수가 없었다.

적룡이 인상을 구겼다.

"비사문 놈들이 그렇게 강했던가?"

"서문용천과 호천이 제법 강하기는 하지만…… 나 역시 이해하기 힘들군. 미혼향까지 동원했다면 초전에서의 승리를 확신할 수 있었을 터인데."

천마회의 마인들은 하나하나가 검기상인의 경지에 오른 자들이었다. 미혼향으로 인해 약화된 비사문의 고수들을 상대로 패했다는 사실은 납득하기 힘들었다.

비사문은 정파구주 가운데 최고의 금력을 자랑했지 무력을 자랑하는 집단이 아니었다. 워낙 그 세가 넓다 보니 오히려 중앙에 밀집된 힘은 다른 정파구주만 못했다.

"다른 이유로 죽은 것은 아닐까? 우리가 알지 못하는 조력자가 있었다든지 말이다."

눈살을 찌푸리며 의아함을 표하는 황룡에게 녹룡이 말했다.

백룡이 불편한 기색을 드러냈다.

"난 아무래도 신조의 제자라 여겨지는 놈이 마음에 걸리는군."

십삼조는 맹저를 제외하고는 그 누구도 암룡에 제자를 남기지 않았다. 여럿을 상대로 한 간단한 지도나 개별적인 조언이야 있었지만, 그것뿐이었다.

신조는 이제 은퇴했다. 그런데 갑자기 제자가 나타났다. 이게 있을 수 있는 일일까? 설마하니 신조가 암룡 몰래 황실 밖에서 제자를 키우기라도 했단 말인가.

"백룡, 당신은 왜 그렇게 십삼조에 집착하는 것이지?"

물은 것은 청룡이었다.

백룡의 눈썹이 꿈틀거렸다.

"네 스승은 맹저였다. 그녀를 봐도 모르겠나?"

"그래, 맹저는 분명 대단한 주술사였지. 하지만 우리가 앞뒤 가리지 않고 그들부터 제거해야 하는 이유는 잘 모르겠군. 어차피 은퇴한 자들이 아닌가."

십삼조는 은퇴했다. 그들은 지금 암룡에 없었다. 그리고 그들이 과연 그렇게나 황실에 충성을 바칠까? 한평생 황실의 개로 사육된 자들이니 반발할 수는 있지만, 그들을 이렇게나 경계할 필요가 있는 것일까?

십삼조 제거에 적극적인 것은 백룡과 녹룡, 그리고 여섯 대주를 이끄는 용왕대주였다. 나머지 대주들은 그저 뜻을 따르는 것뿐이었다.

앞의 셋과 뒤의 넷의 차이.

"스승님은 살아 계셔."

맹저가 마지막으로 남긴 말.

청룡은 용왕대주는 물론이고, 다른 대주들에게도 전하지 않았다. 그저 최후의 발악 정도로 치부했다.

십삼조의 스승.

청룡은 그를 만난 본 적이 없었다. 오로지 기록을 통해 그에 대해 접할 수 있을 뿐이었다.

초인.

홀로 광룡 전체와도 맞서 싸울 수 있는 자.

하지만 그는 사십 년 전에 황실을 떠났다. 이제는 존재하지 않았다. 아직까지 살아 있는지조차 의문이었다.

용왕대주와 백룡, 녹룡은 십삼조의 스승과 짧게나마 동시대를 살았다. 나머지 네 대주는 그렇지 않았다. 거기서 발생하는 차이.

백룡의 시선이 날카롭게 변했다.

"청룡, 스승을 죽여 감성적으로 변한 것이냐?"

청룡의 술법은 모두 맹저에게서 온 것이었다. 청룡 개인의 생각과는 무관하게 맹저는 청룡을 십 년 넘게 가르친 스승이었다. 그런 맹저를 청룡이 죽였다.

청룡은 화를 내지도, 웃지도 않았다. 흑룡처럼 표정 하나 없이 답했다.

"단지 회의가 든 것뿐이다. 우리가 십삼조에 이렇게까지 집착해야 하는 이유에 대해서."

백룡은 불편한 기색을 보였고, 적룡과 황룡은 내심

청룡에게 동조한다는 듯 껄끄러운 표정을 지었다.

흑룡은 분위기에 휩쓸리지 않았다.

"중요한 것은 비사문이다. 일을 마무리 지어야 한다."

백룡이 말을 받았다.

"애당초 정해진 대로 천마회의 일을 진행시켜야 한다. 북방 원정에 오르기 전에 우리 중 하나가 나서야 할 것 같군."

이름뿐인 북방 원정이 몇 년씩이나 이어질 일은 없었지만, 그래도 최소한 반년에서 일 년 이상은 시간을 끌 것이 분명했다. 그 세월을 허송세월할 수는 없었다. 대사를 위한 수반 계획들을 진행해야 했다.

천마회를 통해 광룡이 노리는 것.

녹룡이 여유롭게 말했다.

"그래, 더욱이 가장 골치 아플 뇌호와 맹저는 이미 잡았다. 십삼조의 일로 너무 열 내지 않는 것이 어때?"

지략가인 뇌호와 술사인 맹저는 죽었다. 저 둘을 잃은 나머지 십삼조가 대사를 망칠 가능성은 한없이 낮았다.

대주들의 대화를 지켜보던 용왕대주가 결론을 내렸다.

"백룡의 말대로 천마회의 일을 진행시킨다. 하지만 그와 별개로 대주들 가운데 하나가 천마회의 일을 진행시켜 비사문을 친다. 내 생각에는 적룡이 좋을 것 같군."

순간, 적룡의 얼굴에 생기가 돌았다. 얼굴 가득 미소를 그리며 답했다.

"맡겨 주십시오."

원정군 편성까지는 아직 시간이 있었다. 그전에 정리를 깔끔히 해 두어야 했다.

"이번 원정을 다녀오면 많은 것들이 변해 있을 것이야."

용왕대주가 자리에서 일어났다.

승상과 대장군 모두 광룡을 신권의 검과 방패로 여겼다. 하지만 둘 모두 광룡의 진위와는 달랐다.

용왕대주는 시선을 멀리하였다. 황제가 기거하는 황실이 아닌 다른 곳을 보았다.

광룡의 진정한 주인.

천룡(天龍)의 승천이 멀지 않았다.

●

"어디 가세요?"

달이 어두워 별이 많은 깊은 밤, 별채의 담벼락 앞에 서 있던 신조는 돌아섰다. 저만치 오도카니 선 청조의 모습에 눈썹을 꿈틀거렸다.

"제법인데?"

같은 방을 쓰는 것도 아니고, 다른 방이었다. 이렇다 할 소리도 없이 밖에 나선 것이거늘, 어떻게 안 것일까? 이것도 예의 그 날카로운 감인 걸까, 아니면 그저 우연인 걸까?

"뭐가요? 엉뚱한 소리 하지 말고 어디 가세요?"

청조가 다시 물었다. 신조는 청조 쪽으로 다가가는 대신 팔짱을 끼며 되물었다.

"네가 알아서 뭐 하게?"

"불안하니까요."

신조는 다시 눈썹을 꺾었다. 오늘따라 청조의 작은 어깨가 더욱 가냘프게 보였다.

불안하다, 두렵다, 무섭다.

청조는 지금 상황을 뜻하지 않게 고수의 길에 오르게 된 행운으로 여길까, 그렇지 않으면 난데없는 횡액으로 여길까?

신조는 깊이 생각하지 않았다. 짓궂게 웃었다.

"홍등가 간다."

"에?"

"재미 좀 보려고."

짐짓 음흉하게 웃으며 손으로 무언가를 움켜쥐는 시늉을 하자 청조가 반사적으로 어깨를 움츠리며 가슴께를 가렸다. 어느새 훌쩍 담을 뛰어넘으려는 신조에게 소리쳤다.

"너무 늦…… 아니, 낙월가 쪽은 가지 마요! 거기 물도 안 좋고 바가지만 잔뜩이니까!"

생각지도 못했던 조언에 신조는 담벼락에서 미끄러질 뻔했다. 어찌어찌 다시 자세를 잡은 뒤 청조 쪽을 돌아보았다. 웃는지 우는지 표정을 알 수 없었다.

'맹저가 저런 표정을 곧잘 지었는데.'

가장 오랜 시간을 함께한 누이.

신조는 돌아섰다. 미련을 남기는 대신 손을 흔들며 담을 넘었다.

"아침에 보자."

신조는 암룡의 전설이라 불린 십삼조의 마지막 조원이었다. 사십 년 넘는 세월을 현역으로 보냈던 만큼 전부는 아닐지라도 암룡의 많은 대소사들을 알고 있었다. 때문에 암룡은 신조 정도 되는 암부가 은퇴할 경우 암호 체계와 각종 연락책을 일신했다. 이에 필요한 비용이 만만치 않기는 했지만, 본래 적어도 이 년에 한 번씩은 바꾸기 마련이었던지라 어찌 보면 늘 있는 연례행사에 가까운 일이었다. 신조처럼 몸 성히 살아서 은퇴하는 이가 드물기도 했고 말이다.

신조가 은퇴한 지 벌써 한 달여가 지났다. 때문에 신조가 알고 있던 암룡의 모든 연락책은 무용지물이 된 지 오래였다. 하지만 그렇다 할지라도 암룡과 접촉할 방법이 아예 없는 것은 아니었다.

청월제일루라 손꼽히던 청월루에서 참변이 나고, 관과 더불어 치안을 담당하고 있던 비사문이 천마회에게 한차례 화를 입은 상황이었지만 유흥가의 열기는 변함이 없었다. 아니, 오히려 청월루가 망하면서 근방 거리로 몰리던 인원들까지 다른 곳에 모이게 된 터인지라 활기가 더하였다.

눈을 어지럽히는 홍등이 곳곳에 걸려 밤에 녹아들었

고, 풍악 사이사이로 흘러드는 여인의 교태로운 목소리
가 길 가는 이들의 정신을 혼미하게 하였다.

신조는 고급 주루들이 모인 곳이 아닌, 창관들과 주
루가 자리한 낙월가 쪽으로 향하였다. 취객들과 창기
들, 파락호들로 가득한 거리를 거닐며 사방으로 시선을
보냈다.

"놀다 가요."

"이쪽으로 오시죠. 오늘만 맛볼 수 있는 진미가 있소
이다."

"두 명이랑 동시에 해 본 적 있어요?"

양갓집 처녀라면 듣는 것만으로도 전신이 붉게 물들
음탕한 호객 행위가 신조에게 연이어졌다. 천마회의 비
사문 습격에서 활약한 '신진 고수 대철' 조차 소문이 나
지 않은 상황이었던 터라 신조의 용모파기를 아는 자가
있을 리 전무했다. 젊은 남자가 혼자서 이런 거리를 거
니니 그저 하룻밤 즐기기 위해 창기를 찾는 객으로만
여기는 것이 당연했다.

호객 행위를 위해 헐벗고 거리에 나선 창기들을 보며
적당히 눈요기를 하던 신조는 길 한복판에 자리를 잡고
섰다. 돌연 하늘을 올려다보며 소리쳤다.

"한 달 전까지 총 백쉰두 명으로 구성되어 있었다!"

밑도 끝도 없는 소리였다. 술에 취한 헛소리하는 인간들이 많은 낙월가였던지라 소리에 놀란 이들이 신조를 돌아보았지만, 그뿐이었다. 신조는 잠시 간격을 준 뒤 다시 소리쳤다.

"한 개 조는 통상 다섯 명으로 구성되며!"

"이 자식이, 어디서 행패야!"

탁한 목소리가 신조의 외침을 집어삼켰다. 신조가 돌아보니 우락부락한 파락호 하나가 신조 쪽으로 다가오고 있었다. 신조는 파락호를 보았고, 다른 것 또한 보았다. 파락호에 겁이라도 먹은 것처럼 돌아서더니 서둘러 발을 놀렸다.

애당초 장사에 방해되는 미친놈을 쫓으러 나왔던 파락호다. 구태여 신조를 쫓는 대신 욕지거리만 몇 번 내뱉고 다시 본래 있던 곳으로 돌아갔다.

신조는 계속 달렸다. 일부러 막다른 골목으로 향한 뒤 기다렸다.

"대철."

목소리가 머리 위에서 들렸다. 하오문이나 개원, 또 다른 종류의 정보 조직에 속한 인간이 아니었다. 신조는 암룡을 확신했다.

"꽤나 손이 부족한 모양이네. 너 정도 되는 녀석이 직접 나오고 말이야. 반응한 속도도 그렇고, 여러모로 운이 좋았던 것 같군."

마치 잘 아는 이를 대하는 것 같은 말투에 신조 머리 위 담벼락에 자리했던 이는 인상을 구겼다. 행동하는 대신 다시 물었다.

"네놈, 정체가 뭐지? 신조와는 무슨 관계냐?"

신조가 유흥가에서 떠든 것은 암룡의 정보였다. 암룡 역시 청월루 사건과 비사문 습격 사건에 신경을 쓰고 있을 터이니 영주에서 청월까지 온 신진 고수 대철의 얼굴을 모를 리가 없었다. 그런데 그 대철이 암룡의 정보를 입에 담는다면 어떻게 해야 할까?

접촉한다. 만남을 가질 수밖에 없다.

물론 위험한 행동이었다. 청월 같은 대도시 유흥가 부근에는 반드시라고 해도 좋을 정도로 암룡의 눈과 귀가 열려 있기 마련이었지만, 때와 장소가 맞지 않을 수도 있었다. 다른 쪽에서 먼저 접촉을 시도할 수도 있고, 암룡에서 신조를 위험하게 여길 수도 있었다. 소소한 것이든 중요한 것이든 세간에는 존재 자체가 알려지지 않은 암룡의 정보를 흘리는 짓이었다.

하지만 할 수밖에 없었다. 연락책을 모두 잃은 신조가 암룡과 접촉할 수단은 몇 가지 없었고, 개중 가장 온건하며 안전한 방법이 이것이었다.

신보는 준비 동작 없이 어느 순간 도약했다. 모르는 사람이 보았다면 사람이 갑자기 날아올랐다 해도 과언이 아닌 모습이었다. 신조는 벽과 담 사이에 길게 드리워진 그림자에 앉았다. 신조가 접근한 직후에야 반응하는 암부에게 말했다.

"신조다. 그리고 너, 안 본 사이에 몸이 많이 굳었구나."

암부가 꿈틀했다. 혼란스러운 탓에 다시 한 번 몸이 굳고 말았다. 신조를 혀를 차며 말했다.

"신조 맞아, 속옷 도둑 괴휼."

"신조…… 선배?"

낮고 거칠었던 암부의 목소리가 제법 듣기 좋은 맑은 목소리로 변했다. 신조는 키득 웃었다.

"신조가 신조 선배로 바뀌는 거 봐라."

괴휼이란 이름까진 어떻게 알아낸다 해도 저 속옷 도둑이란 이야기는 십삼조의 신조가 아니면 꺼낼 수 없는 것이었다.

암부는 얼굴을 가리고 있던 복면을 벗었다. 이제 사십 초입으로 보이는 평범한 사내의 얼굴이었다. 도철 다음으로 신조와 손발을 많이 맞춰 본 구조의 괴휼이 낮게 말했다.

"일단 옮깁시다."

"대체 어떻게 된 겁니까?"

괴휼이 신조를 안내한 곳은 창관 지하에 있는 비밀 장소였다.

"넌 두더지도 아닌 놈이 왜 만날 지하냐? 지둔술이라도 배웠다면 몰라."

신조는 지하를 별로 좋아하지 않았다. 퇴로가 한정되는데다가 신조의 특기인 경공을 발휘하기 힘들기 때문이었다.

괴휼은 질문에 답하는 대신 탁자 위에 육포와 마른 과일을 올린 뒤, 시장에서 아무렇게나 팔 것 같은 싸구려 엽차를 내왔다.

지하에 밤인지라 조명이라고는 탁자에 놓인 촛불 두어 개뿐이었다.

신조가 말했다.

"용모가 이런 이유는 네 상상에 맡기고, 정황은 나도 모르겠다. 아랑 형이 날 불러서 청월로 온 건데, 그 와중에 백룡채에게 습격을 당했어. 그리고 이곳에 와서는 청안독노와 천마회라는 놈들에게 공격당했지. 천마회는 나보다는 비사문에 좀 더 비중을 둔 낌새이긴 했다만."

거기까지 말한 신조는 서슴없이 육포를 씹고 차를 마셨다. 괴휼의 얼굴을 보며 인상을 구겼다.

"뭐야? 왜 이렇게 알고 있는 게 적어?"

신조가 방금 말한 것들은 알아내기 쉬운 것들은 아니었지만, 신조가 아는 암룡이라면 당연히 알고 있었어야 할 기초적인 것들이었다. 그런데 보아하니 괴휼은 청월루를 습격한 것이 청안독노라는 사실도 모르는 낌새였다.

괴휼이 씁쓸한 목소리로 답했다.

"근래 암룡 상황이 좋지 못합니다."

"말해 봐."

신조가 은퇴한 것은 이제 겨우 한 달이지만, 실질적으로 암룡 핵심에서 멀어져 실무에만 매달린 것이 요 몇 년이었다. 혼자 남은 십삼조는 더 이상 십삼조가 아니었다. 아랑이 은퇴하고 맹저와 신조, 단둘만 남게 되었을 때 이미 십삼조는 사실상 해체된 것이나 다름없었다.

괴휼은 주저주저 말을 이었다.

"도성에서 연달아 사건이 일어나고 있는 터라 손이 부족합니다. 더욱이…… 암룡 내부에서 파벌 싸움도 심하고요."

파벌 싸움이란 말에 신조는 욕지거리를 토했다. 어둠 속에 사는 암부놈들이 파벌 싸움이라니, 기가 찰 지경이었다. 신조 자신의 한창때도 암룡 내에 파벌이란 것이 존재하긴 했지만, 그 파벌 싸움이 암룡의 활동을 저해할 정도는 아니었다.

"암왕(暗王)은?"

광룡을 이끄는 이가 용왕대주라면, 암룡을 이끄는 이는 암왕이었다. 황가의 일원이기도 한 암왕의 성미를 잘 아는 신조였다. 멀쩡한 상태라면 지금 같은 상황을 가만히 보고만 있을 인물이 아니었다.

그리고 과연 신조의 예상대로 괴휼의 안색이 더욱 어두워졌다.

"오늘내일하십니다."

"그 할멈도 슬슬 갈 때가 됐지."

암왕은 십삼조의 맏이인 창룡보다도 나이가 훨씬 많았다. 아마도 여든 남짓, 어쩌면 그 이상일지도 몰랐다. 신조는 암왕의 젊은 시절만을 기억했다. 그녀는 스승님이 떠난 날 이후부터는 망사로 얼굴을 가리고 모습을 보이지 않았다.

문득 떠올랐다.

마지막으로 본 것이 언제였을까?

맹저가 은퇴한 직후였던가?

일개 암부와 조직을 이끄는 수장 사이였지만 보아 온 세월이 긴 만큼 쌓인 정이라는 것이 있었다. 작별의 말도 전하지 못한 것이 새삼 아쉬웠다.

"차기 암왕은 아직인가?"

"거기까지는 잘……."

신조는 이해했다. 암룡에서 나름 높은 자리에 앉아 있는 괴휼도 결국에는 암부에 불과했다. 암왕의 임명을 비롯해 암룡 핵심부의 일은 모두 황실의 의사와 관련되어 있으니 괴휼이 알 수 없는 것이 당연했다.

신조가 목소리를 낮춰 말했다.

"뇌옥에서 죽었어야 할 청안독노가 세상에 나왔다. 보통 일이 아니야. 더욱이 천마회 놈들…… 반수 이상이 내가 겨뤄 본 적이 있는 무공을 사용했다."

"그럴 수가……."

괴휼의 눈빛이 흔들렸다. 신조의 말이 사실이라면 과거 암룡에서 처리한 마인들 다수의 무공을 천마회란 자들이 익히고 있다는 뜻이었다.

"그런데 말이다, 괴휼."

신조가 더욱 목소리를 낮췄고, 괴휼은 자연스럽게 신조에게 보다 다가섰다.

신조의 손이 움직였다. 괴휼은 비수가 자신의 폐를 가른 뒤에야 공격당했다는 사실을 인지했다. 입을 벌렸지만 목소리가 나오지 않았다. 바람 새는 소리만이 허무하게 울렸다. 신조는 쓰러지려는 괴휼을 붙잡아 자신 쪽으로 당기며 말을 이었다.

"내가 분명히 가르쳐 줬잖아, 넌 너무 성급하니까…… 확실한 승산이 없다면 손을 쓰지 말라고."

차와 음식에 독이 들어 있었다. 하나씩 먹으면 상관없지만, 둘을 혼용해 먹으면 반 시진 이후 효과를 발휘하는 지효성 독이었다.

여색을 밝히지 않기 때문인지 주전부리를 특히나 좋아하던 신조는 다른 암룡 암부들 앞에서 무엇이든 자주 주워 먹는 모습을 보였다. 그래서 통할 거라 생각했던 것일까, 아니면 괴휼 자신 앞에서라면 신조도 안심할 거라 생각했던 것일까?

만독불침이라 하면 허언이겠지만, 그에 가까운 존재이긴 하였다. 신조의 육신에는 중원에서 통용되는 독 가운데 대부분이 통하지 않았다. 독과 의술에 통달한 애묘의 작품이었다. 특히나 신조는 십삼조 가운데서도 독에 대한 내성이 가장 뛰어났다.

신조는 구태여 더 말하지 않았다. 고통 속에 숨이 끊긴 괴휼이 탁자에 머리를 박고 난 뒤에야 자리에서 일어섰다.

괴휼이 신조 자신을 죽이려 했다.

천마회의 마인들은 암룡에게 척살당한 마인들의 무공을 사용했다.

이 둘이 의미하는 것은 무엇일까?

설마하니 암룡 자체가 신조를 비롯한 십삼조를 적대하는 것일까, 아니면 괴휼이 말했던 파벌 싸움이 연관된 것일까?

어느 쪽으로 생각해도 이야기가 매끄럽게 이어지지 않았다.

"사납군."

그래도 제법 오래 보아 왔던 놈인데.

한 십오 년쯤 되었던가.

신조는 머릿속에서 괴휼을 지웠다. 장소는 지하였고, 위에는 자신들이 암룡 소속인지도 모르는 괴휼의 부하들이 대기하고 있을 터였다. 쉽게 나가기는 그른 셈이었다.

신조는 괴휼을 돌아보지 않았다. 마지막 정으로 죽은 괴휼의 어깨를 두드린 뒤 미련을 버렸다.

발걸음을 내딛었다.

☯

청조는 멍하니 앉아 밤하늘을 올려다보았다. 흐드러지게 많은 별들이 금방이라도 쏟아질 것 같았다.

"예쁘다."

저도 모르게 중얼거린 청조는 자연스럽게 내공을 운용했다. 불과 한 달 전까지는 들을 수 없던 것들이 들렸다. 보지 못했던 것들이 보였다.

일 갑자란 내공은 결코 적은 것이 아니었다. 검기상인의 초입을 넘어 절정에는 달해야 얻을 수 있는 내공이었다.

물론 청조에게 있어 일 갑자의 내공은 돼지 목의 진주 목걸이 같은 상황이기는 했다. 하지만 그러한 문제는 시간이 해결해 줄 터였다.

뜻하지 않게 무공이 크게 늘었다. 약간의 호신공 외에는 평생 무공과 담을 쌓고 살 줄 알았는데, 그냥 주방에서 숙수 노릇이나 하다가 삼촌이 정해 주는 사람한테 시집갈 줄 알았는데 완전히 다른 길이 열려 버렸다.

이는 과연 행일까, 불행일까?

무림인들이라면 주저 없이 행이라 말하겠지만, 청조는 주저할 수밖에 없었다. 하오문에 살며 험한 꼴 많이 보았지만 백룡강에서처럼 직접 싸움에 휘말린 것은 처음이었다. 독에 중독되어 사경을 헤매거나 좁은 지하에서 삼 일 동안 혼자 숨어 있던 것도 처음이었다.

앞으로도 이런 일들이 계속 이어지는 것일까?

생각이 많아지니 잠이 오지 않았다.

청조는 문득 빨려들 것만 같은 밤하늘에서 시선을

돌렸다. 그러자 때를 맞추듯 그림자 하나가 담을 넘었다.

"대, 대철 님?"

청조가 화들짝 놀라 자리에서 벌떡 일어섰다. 신조의 푸른 무복 이곳저곳이 피로 물들어 있었기 때문이다. 신조는 손발을 털며 답했다.

"내 피 아냐. 음, 이렇게 상투적인 말을 내가 하게 될 줄이야."

별안간 키득 웃은 신조는 청조에게 다가섰다.

"안 자고 뭐하냐?"

"그냥 잠이 안 와서요."

천마회 사건 때문에 보안이 강화된 비사문을 소리 없이 드나드는 것은 신조에게 있어서도 결코 쉽지 않은 일이었다. 신조는 청조와 도란도란 떠들기보다는 얼른 피 묻은 옷을 벗어 던지고 한숨 푹 쉬고 싶었지만, 그렇게 하지 않았다. 청조 앞에 멈춰 서더니 볼을 꼬집는 대신 착잡함이 어린 목소리로 말했다.

"미안하다."

"대철…… 님?"

"미안해."

청조의 의사야 어찌 되었든 청조는 이제 이 일에 완전히 말려들었다. 아마도 일부 파벌이겠지만, 어찌 되었든 암룡이 나섰다. 신조와 청월까지의 여정을 같이하고, 비사문에서 함께 지낸 청조는 가장 우선적으로 확보해야 할 주변인이 되었을 것이 분명했다.

때문에 신조는 비사문으로 돌아왔다. 괴휼을 죽인 직후 은신하지 않았다.

비사문이 청조를 제대로 보호해 줄까?

아니면 하오문이 천마회나 암룡을 막아 줄까?

둘 모두 무리였다.

청조가 이런 처지가 되도록 신조가 의도한 것은 아니었지만, 책임감을 갖지 않을 수 없었다.

잔정.

애묘가 늘 지적하던 신조의 약점이었다. 요호나 맹저는 신조의 이러한 점을 좋아라 했지만, 아랑이나 뇌호는 언젠가는 고쳐야만 할 약점이라 당부했다.

하지만 어쩌랴, 한평생 이렇게 살아온 것을.

신조는 현재 암룡의 상태를 알지 못했다. 섣불리 다른 방법으로 암룡과 접촉하는 것 역시 이제는 삼가야 할지 몰랐다. 천마회 습격이 말해 주듯 비사문은 결코 안전한 곳이 아니었다.

"비사문을 떠나야겠다. 또 한동안 싸돌아다녀야겠어."

청조는 신조가 무슨 말을 하는지 바로 알아들었다.

영주에서 청월까지의 여정. 그때와는 또 다를 것이다.

청조는 마음을 굳게 먹었다. 잠시 고개를 숙이고 양뺨을 두드리더니 신조를 똑바로 쳐다보았다.

"좋아요. 하지만 왜인지 알려 주실 수 있나요? 아니, 대철 님이 누군지 말씀해 주세요. 아무것도 모르고 죽고 싶지는 않아요."

청조에게도 귀가 있었다. 신조가 비사문에서 어떤 활약을 펼쳤는지 대강이나마 들을 수 있었다. 신조는 보통 고수가 아니었다. 그런데 그런 신조가 적을 피해 어딘가로 숨어 버릴 생각을 하고 있었다. 신조의 적은 천마회란 자들인 것일까? 지금 그들을 피해 도망쳐야 한다고 말하는 것일까?

신조는 청조와 눈을 마주했다. 요호나 맹저 같다가도 이럴 때는 또 애묘 같은 청조를 보니 저도 모르게 입가에 미소가 그려졌다.

신조가 말했다.

"들으면, 그때는 정말로 계속 함께다. 사실 그렇게까지 으리으리한 비밀도 아니지만 말이다."

"어차피 변할 것 없잖아요."

말려들어서 쫓기는 것은 매한가지니까.

신조는 결국 청조의 뺨을 꼬집었다. 서둘러 비사문을 빠져나가 안전 가옥에 숨어야 했지만 아직 몇 마디 말을 나눌 여유 정도는 있었다.

"신조. 그게 내 이름이다."

청조의 눈동자가 커졌다.

예순 정도 된 노인 신조. 얼굴에 긴 화상 자국이 있는 늙은 남자.

"다음 이야기는 안가에서 나누도록 하지."

신조는 청조의 낭창낭창한 허리를 단번에 낚아챘다. 신형을 날렸다.

☯

창고 안에서 여인은 포박된 남자의 얼굴 가죽을 정성스럽게 벗겼다. 이제 막 죽은 자였다. 약에 취해 아는 것을 모두 털어 냈지만, 검은 고양이 가면을 쓴 여인을 만족시킬 만한 것은 무엇 하나 없었다.

"그래, 너희 같은 암부들이 아는 게 있을 리가 없지. 음, 생각해 보니 이거 자기 비하인가?"

옆에서 보기만 해도 소름이 돋는 작업을 하면서도 여인의 목소리는 밝고 명랑했다. 세밀한 작업을 진행하는 열 손가락은 모두가 길고 매끄러웠다.

"별안간 무슨 일일까? 암룡인지, 흑룡인지, 아니면 둘 다인지."

가죽을 모두 벗겼다. 인피면구의 재료가 될 가죽을 조심스럽게 갈무리한 여인은 자리에서 일어섰다. 얼굴 가죽이 사라져 흉측한 사내의 시신을 미리 파 둔 구덩이에 밀어 넣은 뒤, 서로 다른 항아리에서 액체 한 바가지씩을 퍼서 사내에게 부었다. 사내의 몸 위에서 하나로 섞인 액체는 곧 하얀 연기를 일으키며 사내의 몸을 녹였다. 여인은 몇 번인가 바가지를 더 뿌린 뒤 손을 털었다.

귀찮고 손이 많이 갔지만 이보다 확실하게 시체를 세상에서 제거하는 방법도 없었다.

여인은 고양이 가면을 만졌다. 은퇴한 지 벌써 십 년이 넘었지만 어째 버리기 싫다더니, 결국엔 다시 쓰는 날이 오고 말았다.

'우선 우리 막내라도 찾아볼까?'

여인, 십삼조의 다섯째 애묘는 창고를 나섰다. 나이를 짐작할 수 없는 나긋나긋한 뒷모습이 어둠에 녹아들었다.

제8막

가루라

너희 말고도 제자야 있지. 하지만 많지는 않아. 아주 적지. 누군가를 가르친다는 시도 자체를 시작한 지 얼마 되지 않았으니까. 그리고 어쩌면 너희가 내 마지막 제자들이 될 수도 있겠지. 아마도, 어쩌면 말이야.

—스승

암룡은 그 수가 많지 않았다. 가장 많았던 시대조차 백오십을 헤아리지 못했다. 겨우 이 정도 숫자로 제 전

역을 감지하는 것은 불가능했다. 항시 황실에 머무는
인원들과 제도를 살피는 이들을 제하고 나면 중앙 하나
를 감당하기도 힘든 숫자였다.

때문에 암룡은 광룡이 관군을 부리듯이 독자적으로
길러 낸 인원들을 활용하였다. 이들은 자신들이 암룡의
수하라는 사실도 알지 못했다. 개중에는 살수도 있었
고, 어중이떠중이 정보원도 있었다.

실질적으로 제 곳곳에 퍼져 있는 암룡의 수는 고작해
야 오십 남짓. 암룡의 눈과 귀인 그들이 때와 시를 정
해 무대를 만들면 신조와 같은 파견조가 나서는 것이
암룡의 일처리 방식이었다.

"눈과 귀가 어지럽구나."

황실 깊은 곳 고립된 방이었다. 여러 겹의 장막 너머
로 노쇠한 여인의 목소리가 울렸다. 암왕을 모시는 암
화가 장막 앞에 고개를 조아렸다.

"기침(起寢)하셨습니까?"

"신조가 은퇴한 지 얼마나 지났지?"

원숙한 부인으로도, 아직 젊은 여인으로도 보이는 암
화가 고개를 들었다. 하지만 장막 너머 암왕의 얼굴을
살필 수는 없었다. 그저 답하였다.

"한 달이 조금 더 지났습니다."

"그래. 결국 십삼조가 모두 은퇴했구나. 황실을 떠났어."

이제 '그 남자'의 흔적은 황실에 남아 있지 않다. 그 남자의 유일한 유산이었던 십삼조도 모두 황실을 떠났다.

마지막으로 십삼조를 보았던 것이 몇 년 전이었을까? 더 이상 그들로부터 그 남자의 흔적을 찾지 않기 시작한 것이 언제부터였을까?

"옛날 꿈을 꾸었다."

사십 년도 더 전, 참으로 먼 과거의 기억.

세월은 흘렀다. 시간은 무정하게 지나만 갔다. 혹시나 하는 기대를 저버릴 때도 되었거늘, 마음 한구석에 남은 미련을 끝내 버리지 못했다.

"암왕으로 이 자리에 있을 날도 얼마 안 남은 것 같구나."

"그런 말씀 마시옵소서."

암왕은 장막 너머에서 웃었다. 암화에게 명했다.

"황제는 아직 어리고 내 기력은 예전만 못하구나. 그러니 무림과 광룡을 주시하거라. 알았느냐?"

암화는 어찌하여 같은 황실의 기구인 광룡을 주시해야 하느냐 묻지 않았다. 고개를 조아렸다.

"알겠습니다, 암왕이시여."

"그래. 잠시 혼자 있고 싶구나. 그만 물러가거라."

암화는 다시 한 번 예를 표한 뒤 조용히 일어나 방을 나섰다.

그리고 그렇게 몇 걸음이나 걸었을까?

암화는 문득 고개를 들어 천장을 바라보았다. 눈짓을 보냈고, 이내 다시 걸음을 내딛었다.

☯

청월 외곽에 위치한 안전 가옥은 마지막으로 사용한 것이 벌써 사 년 전이었지만 별 탈 없이 무사했다. 아무래도 아랑이 그사이에 손을 한 번 보았던 모양인지 벽곡단을 비롯한 몇 가지 비상식량과 옷가지까지 준비되어 있었다.

잡다한 물건이 가득 찬 창고 지하에 위치한 비밀 공간은 협소했다. 그 덕분에 촛불 하나로도 구석구석을 모두 밝힐 수 있었다. 구석에 위치한 침상 위에 쪼그리고 앉은 청조가 새삼 신조의 얼굴을 들여다보았다.

"결국엔 제가 맞췄던 거네요."

영주에서 청조는 '늙은 신조'와는 키 말고는 공통점을 찾을 수 없는 '젊은 신조'에게 의심스런 시선을 보냈다.

"어쩐지, 감이 이상했어."

청조가 고개까지 끄덕였다. 신조가 실소와 당혹스러움이 반씩 섞인 얼굴로 말했다.

"지금 그거 맞았다고 좋아할 때냐?"

누군지도 모를 적을 피해 안전 가옥에 숨은 상태였다. 이곳에 평생 있을 수도 없으니 앞으로 꽤나 험한 하루하루 펼쳐질 것이 분명했다.

청조도 알았다. 그리고 그랬기에 더더욱 다른 생각에 몰두했다.

"얼굴보다 나이 들어 보인 것도 다 이유가 있었군요."

신조는 청조 맞은편 서랍장 위에 털썩 앉았다. 워낙에 좁다 보니 청조와 무릎 사이의 거리가 멀지 않았다. 벽에 등까지 기댄 신조는 툭 던지듯 물었다.

"더 안 묻냐?"

신조는 자신이 '신조'라는 사실 하나만을 말해 주었을 뿐이다. 본래 무얼 하던 자였는지, 왜 쫓기는지, 누가 쫓고 있는지 등에 대해서는 무엇 하나 말하지 않았다. 비사문에서 이곳 안전 가옥까지 이동하면서, 그리고 어느 정도 자리를 잡고 육포를 씹고 있는 이 마당에도 청조는 다른 것을 묻지 않았다. 심지어 신조가 젊은 외모를 가지고 있는 이유도 말이다.

청조가 무릎을 끌어안았다.

"어차피 안 알려 주실 거잖아요."

청조는 인내심이 강했다. 아니, 머릿속에서 생각을 비워 버리는 데 능했다. 청조의 날카로운 감 다음으로 신조가 높이 평가하는 부분이 바로 그것이었다.

"상관없겠지."

어깨를 으쓱인 신조는 이야기를 시작하기 위해 입을 열었다. 하지만 입 밖으로 나온 것은 전혀 다른 말이었다.

"너, 뭐하냐?"

"들으면 위험하잖아요."

두 손으로 귀를 꼭 막은 청조가 그리 답했다. 그 겁먹은 토끼 같은 모습에 신조는 다시 웃고 말았다. 그리고 애당초 대답했다는 것은 그래도 들린다는 것이 아닌가.

"어차피 위험해, 이제."

신조가 손을 뻗어 청조의 손을 잡아끌었다. 청조는 울상이 된 얼굴로 귀를 막고 있던 손을 내렸다.

신조는 청조의 옆으로 자리를 옮겼다. 사람 하나 누울 만한 좁은 침상 위에 앉으니 어깨가 서로 닿았다.

오랜만이었다.

맹저가 은퇴한 이후로는 처음일까?

새삼 감회에 젖은 신조가 시선을 멀리하며 말했다.

"난 황실의 요원이었다."

"관리셨어요?"

"뭐…… 비슷하지. 한 달 전에 은퇴했고, 거의 은퇴하자마자 널 만난 거다."

신조는 거기까지만 말했다. 더는 이야기하지 않았다. 청조도 구태여 묻지 않았다. 방이 좁아 촛불 하나가 내는 온기만으로도 제법 공기가 따뜻했다. 잠시 동안 말이 없던 신조가 천천히 입을 떼었다.

"일이 어떻게 돌아가고 있는지는 나도 잘 모르겠다. 이제부터 알아보아야겠지."

진정 암룡이 적이 되었다면 이제 믿을 수 있는 것은 오로지 십삼조의 형들과 누이들뿐이었다.

신조가 자리에서 일어섰다.

"너무 쫄지 마. 이래 봬도 전설이라 불렸던 남자니까."

청조는 어설프게 웃었다.

신조가 턱짓했다.

"자라. 나도 일단은 잘 테니까."

"바닥에서 주무시게요?"

청조가 눈을 동그랗게 떴다.

신조가 너스레를 떨었다.

"노숙이랑 다를 바 있나. 그렇다고 이 좁은 데서 같이 자리?"

청조와는 한 침상에서 잔 일이 몇 번 있었지만, 지금은 상황이 좀 달랐다. 침상이 좁아도 너무 좁았다. 하지만 청조는 태연한 얼굴로 말했다.

"그냥 자요. 어차피 이전이랑 별로 다를 것도 없는데 뭘요."

"노인네라고 너무 얕보는 거 아니냐?"

"안녕히 주무세요."

청조는 그대로 벽 쪽을 보고 침상 위에 눕더니 벽에

바짝 붙어 신조가 누울 공간을 만들었다.

'유혹은 절대 아니고……'

신조는 더는 깊이 생각하지 않았다. 청조가 만들어 준 공간에 몸을 눕혔다. 청조의 온기가 따뜻했다.

"잘 자라."

"주무세요."

신조는 눈을 감았다.

신조는 그리 오랜 시간을 자지 않았다. 해가 뜰 무렵에 눈을 뜬 신조는 여전히 세상모르게 잠든 청조를 바로 눕힌 뒤 침상에서 내려왔다.

'새삼 민망하네.'

아침이다 보니 양물이 서 있었다. 신조는 저도 모르게 청조에게 향한 시선을 쓴웃음과 함께 돌렸다. 탁상 위에 서류들을 늘어놓았다.

괴휼의 안전 가옥에서 찾은 서류들이었다. 옥석을 가릴 시간이 없었기에 되는대로 챙긴지라 과연 쓸모가 있을지는 의문이었지만, 최소한 근 한 달 사이 암룡에 무슨 일이 있었는지를 추론하는 데는 도움이 될 터였다.

괴휼이 암룡과 주고받은 암호는 해독이 쉬웠지만 괴휼이 직접 기록한 서책의 암호는 해독이 어려웠다. 애당초 괴휼 혼자 기록하고 읽을 목적으로 만들어진 터라 독자적인 암호식이 가미된 탓이었다.

'일단 놈 말대로 암룡이 지금 개판이긴 한 모양이군.'

괴휼에게 전해지는 지령에 통일성이 없었다. 더욱이 괴휼의 보고서도 어느 한쪽으로 치우친 느낌이 묻어났다.

'크게 암화와 암영의 파벌이라 할 수 있는 건가……'

암화는 암왕의 최측근이었고, 암영은 암룡 요원들의 우두머리라 할 수 있는 자였다. 확실히 이 둘이라면 암룡 내의 파벌을 이끌 만하였다.

'도철 놈은 어느 파벌이었지? 역시 암영이려나.'

근 몇 년 칠조의 도철을 통해서만 암룡과 접촉한 신조였다. 중앙에서 이런 파벌 싸움이 진행되고 있는 줄은 꿈에도 몰랐다.

'괴휼은 눈 역할을 수행 중이니 암화 쪽이라 보는 게 맞겠고…… 모르겠군. 암화가 왜 나를 노리는 것이지? 아니면 파벌 싸움 외에 다른 무언가가 개입된 것인가?'

괴휼이 암룡과 주고받은 서신에서는 파벌이 실존한다는 것 외에는 크게 얻을 것이 없었다. 신조는 서책을 펼쳤다. 가만히 정독해도 어디 하나 어긋난 곳이 안 보이는 평범한 장부였다.

신조는 저도 모르게 한숨을 내쉬었다. 한평생 임무를 수행하며 지금보다 훨씬 더 답답하고 절망적인 상황을 몇 번이나 만났지만, 그때와 지금은 결정적으로 다른 것이 하나 있었다.

신조는 지금 혼자였다.

십삼조가 전설인 이유는 그들 하나하나가 일문의 장로 급 무공을 가졌기 때문이 아니었다. 서로 다른 분야에서 최고라 할 수 있을 일곱이 서로의 강점을 더욱 날카롭게 해 언제나 최고의 성과를 거두었기 때문이다.

신조가 맡은 것은 추살이었다. 누군가를 쫓는 것이라면 암룡에서도 최고인 신조였지만, 다른 분야에서는 아니었다. 지금같이 사방이 캄캄한 상황에서 빛을 발하는 것은 아랑이었다. 적이 누구인지, 어디에 있는지, 무엇을 노리는지. 신조에게는 아랑과 같은 정보력과 분석력이 없었다.

'그저…… 기다려야만 하는가.'

천마회란 놈들이 여기서 포기할 리가 없었다.

괴휼이 죽었으니 괴휼을 부리던 자들이 무언가 반응을 보일 것이 분명했다. 그 반응을 기다려야 했다.

답답했다. 한시라도 빨리 다른 십삼조원들과 합류하고 싶었다. 형들과 누이들의 안위를 확인하고 싶었다.

'괜찮을 거야. 괜찮겠지.'

맹저를 제하고는 모두들 못 본 지 거의 십 년이 다 되어 갔다. 첫째 누나인 요호를 마지막으로 본 것은 무려 이십 년이 넘었다.

신조는 마음을 굳게 먹었다. 능력이라면 누구 하나 부족한 이가 없었다. 더욱이 은퇴한 지 다들 몇 년씩 지났으니 이미 서로 만나서 함께 지내고 있을지도 몰랐다. 요호가 은퇴하기 전 늘 말했던 꿈처럼 말이다.

"마을 하나에 다 같이 모여 사는 거야. 밥도 같이 먹고, 명절도 같이 보내고. 자식들도 같이 키우고 말이야."

요호의 목소리가 귓가에 맴돌았다. 꿈에서 보았던 맹저의 얼굴이 자꾸만 아른거렸다.

'최악의 경우…… 상대는 암룡인가.'

누구든 상관없었다. 신조 자신을, 아니, 십삼조의 형들과 누이들을 위협한다면 상대가 설사 암룡을 넘어 황실 전체라 할지라도 적대하리라.

신조는 다시 괴휼의 장부를 펼쳤다. 암호를 해독하기 위해 노력했다.

●

서쪽 땅을 관통하는 젖줄인 백룡강으로 이어지는 강줄기 위를 쾌속선 한 척이 바람을 타고 빠르게 나아갔다. 표국의 표사들이 곧잘 이용하는 연락선으로 위장한 배 안에는 짐도, 사람도 모두 적었다.

언제나처럼 붉은 비단옷으로 탄탄한 육신을 감싼 적룡은 따분한 얼굴로 바둑판을 내려다보았다.

"사실 뇌호 사냥은 내가 하고 싶었단 말이지. 그런데 백룡, 그자가 가로챘어."

뇌호는 지략가인 동시에 무인이었다. 단순히 무공만을 논하자면 그는 십삼조에서 두 번째로 강했다.

"신조의 제자 따위가 아니라 진짜 신조가 있으면 좋으련만. 침상이 아닌 곳에서 여자와 싸우는 취미는 없고, 책상물림 따위는 상대할 가치가 없으니 말이다."

적룡은 한평생을 무인으로 살았다. 강해지는 것, 강자와 싸우는 것. 이 두 가지만큼 적룡을 흥분시키는 것은 없었다.

암룡의 전설 십삼조.

하지만 사실 더 크게 관심을 끄는 것은 십삼조가 아닌, 그들의 스승이었다.

암룡은 공식적으로는 이 세상에 '존재하지 않는' 집단이었다. 그럼에도 불구하고 당금의 광룡은 인재를 양성하는 와중에 십삼조의 이야기를 하였다. 때때로 십삼조 가운데 하나가 와 광룡들의 교육에 참여하기도 하였다.

물론 대부분의 생도들은 훗날 광룡이 되어서도 그날 자신들이 본 이들이 십삼조라는 사실을 몰랐지만 대주자리에 오른 적룡은 모두 알았다.

십삼조는 어째서 그렇게까지 특별 대우를 받는 것일까?

왜 용왕대주와 녹룡, 백룡은 결국 암부에 불과한 십삼조를 제거하는 데 혈안인 것일까?

십삼조의 스승.

제가 열린 이래 황실에서 그보다 강한 자는 없었다. 고금제일마라 불리는 혈랑마존과도 맞대결이 가능할 것이라 여겨지는 남자였다.

그에게 가르침을 받은 것은 황실에서 십삼조가 유일했다. 그의 무공을 조금이라도 이은 것은 오로지 십삼조뿐이었다.

적룡은 십삼조 모두를 보았다. 요호를 제외하고는 조금이지만 가르침도 받았다. 하지만 그 무엇도 그 남자의 무공과는 연관이 없었다.

과연 어떤 무공일 것인가.

과연 어떠한 것이기에 수십 년이 지난 지금도 용왕대주와 두 대주가 그 남자를 두려워하는 것인가.

녹룡의 무위는 다른 대주들과 비슷한 수준이었지만 용왕대주와 백룡의 무위는 그렇지 않았다. 무림의 열두 존자라 스스로를 내세우는 사황오제삼신과 겨루어도 부족함이 없었다. 어쩌면 용왕대주와 백룡은 그들보다 더 강할지도 몰랐다.

그런 두 사람이 두려워하는 자.

그자의 무공을 이은 십삼조.

적룡은 바둑판 너머를 보았다. 검은 옷으로 몸을 가

렸지만 여인 특유의 매력을 채 감추지 못한 묘령의 여인이 다소곳이 앉아 있었다. 적룡의 적적함을 달래기 위한 바둑 상대가 되어 주고 있는 여인은 흑룡의 측근 가운데 하나인 용화였다.

천마회의 세뇌된 마인들을 조종하기 위해서는 특수한 음파가 필요했다. 광룡에서도 그 음파를 다룰 수 있는 것은 흑룡의 흑사회가 유일했다.

비사문에서 죽은 용조의 누이이기도 한 용화는 언제나 시끄러운 용조와 반대로 늘 말없이 조용했다. 적룡이 인상을 찡그렸다.

"네가 마주하고 있는 것은 대주다."

용화가 고개를 들었다. 하지만 그것이 전부였다. 적룡의 기대대로 무어라 말을 꺼내거나 두려워하지 않았다. 그저 무표정한 얼굴로 적룡을 마주할 뿐이었다.

그리고 그것이 적룡의 심기를 거슬렀다.

"흑룡, 그년과 하는 짓이 닮았구나. 흑사대는 다 그렇더냐?"

평소부터 마음에 들지 않던 흑룡이다. 같은 대주끼리임에도 불구하고 얼굴을 보이지 않는데다가 늘 비밀이 많았다. 여인이 대주 자리에 올라 있는 것도 불쾌하거

늘, 나긋나긋하지조차 않으니 적룡에게 있어서 흑룡은 최악의 여자였다.

용화는 흑룡을 연상시켰다. 생기 하나 없이 죽은 눈도 부아를 치밀게 했다.

"어디, 그 몸도 흑룡과 닮았는지 보아야겠구나."

적룡이 사납게 말했다. 아직 손을 쓰지 않았지만 당장에라도 용화의 옷을 강제로 벗길 기세였다. 용화가 말했다.

"무료하십니까?"

"무료하다면 어쩔 것이냐?"

적룡이 쏘아붙이자 용화는 자리에서 일어나 침상에 가 앉았다. 스스로 옷고름을 풀고 고혹적인 나신을 드러냈다.

적룡은 동시에 여러 가지 감정을 느꼈다. 용화의 당돌함에 노여움과 기꺼움이 함께 일었다. 매끄러운 나신에 음심이 돋았고, 흑룡을 닮은 용화를 짓밟아 주고 싶다는 치졸한 생각이 머릿속 한구석에 자리를 잡았다.

적룡은 자리에서 일어나 용화에게 다가섰다. 한 마리 짐승 같은 적룡의 모습에 용화는 어깨를 가늘게 떨었지만, 기어코 감정을 드러내지 않았다. 조용히 눈을 감았다.

사람의 인상은 의외로 쉽게 변한다. 손톱보다도 적은 미묘한 위치 차이만으로도 이목구비에서 느껴지는 미추가 달라지는 법이었다.

평소 입지 않던 옷을 입고 걸음걸이와 자세를 다르게 하는 것만으로도 기초적인 변장은 가능했다.

신조는 무복을 벗고 안전 가옥에 구비되어 있던, 색이 화려한 옷을 걸쳤다. 여기에 몇 가지 소품을 활용하고 걷는 자세 등을 바꾸니 유흥가에서 쉬이 찾아볼 수 있는 도박꾼 하나가 완성되었다.

안전 가옥에 숨어 지낸 지도 벌써 육 일이 넘게 지났다. 한 번쯤 바깥 동태를 살펴보고 와야 할 시점이었다.

침상에 앉아 변장을 마친 신조를 물끄러미 올려다보던 청조가 말했다.

"나가 보시게요?"

요 오 일 벽곡단과 육포에 물만 먹어서 그런지, 아니면 숨어 있다 보니 기력이 쇠해서 그런지 수척해진 모습이었다.

신조가 청조의 머리를 쓰다듬었다.

"그래. 동정을 살필 필요가 있으니까. 나 돌아올 때까지 비밀 장소에 숨어 운기조식이라도 하고 있어라."

안전 가옥은 아랑이 따로 손을 대었는지 외부로 통하는 별도의 비밀 통로와 한 번 더 지하로 내려가는 비밀 장소가 마련되어 있었다. 신조는 침상 아래에 있는 비밀 장소를 턱짓으로 가리켰다.

청조가 눈썹을 팔자로 꺾었다.

"으…… 이번에는 일찍 돌아오셔야 해요?"

지난번 비사문에서는 무려 삼 일 동안이나 꼼짝도 못하고 숨어 있었어야 했으니까. 그때 생각이 난 신조는 키득 웃었다. 귀엽다는 듯 청조의 뺨을 가볍게 두드렸다.

"눈물 콧물에 옷 버리기 싫으니 그리하마."

신조는 침상을 옆으로 밀어내고 지하로 이어지는 문을 열었다. 사람 몇이 겨우 앉고 누울 수 있는 좁은 공간이었다. 청조는 한숨을 한 번 푹 내쉬더니 벽곡단이 든 주머니와 물통 하나를 챙겨 들고 통로 안으로 기어 들어갔다.

"몸조심하시고요."

"그래. 벌레나 쥐 나와도 너무 놀라지 말고."

청조의 얼굴이 순간 끔찍하게 변했지만, 신조는 무정하게 통로 문을 닫아 버렸다. 다시 침상을 제자리에 돌려놓은 뒤 외부로 통하는 통로를 일부러 살짝 노출시켰다. 혹시라도 신조가 없는 사이 안전 가옥이 발견되었을 때 밖으로 빠져나간 것처럼 적을 속여 숨어 있는 청조의 안전을 도모하기 위해서였다.

모든 작업을 마친 신조는 가볍게 손을 털었다. 안전 가옥의 본래 통로를 통해 밖으로 향했다.

깊은 밤, 홍등가의 하늘에는 붉고 어두운 작은 태양 여럿이 떠올랐다. 청월루에서 사달이 난 이후 유가장의 소유인 약방으로 잠시 거처를 옮겼던 도협 유성이었지만, 중이 어찌 절을 떠나랴. 청월루가 망한 이후 새로운 도박의 명소로 각광받고 있는 낙월루 근방에 거처를 잡고 매일같이 도박판에 끼어들었다.

어제 크게 잃은 것을 복구하겠다는 듯 도박판의 돈을 잔뜩 쓸어 담은 유성은 양손에 기녀 하나씩을 끼고서 휘청휘청 처소로 향했다.

주인의 망나니짓을 잘 아는 하인들은 알아서 길을 열어 주었다. 잘 정돈된 침상 위에 기녀들과 함께 드러누운 유성은 낄낄 웃었다. 몸이 달아오른 것인지, 아니면 유성이 따는 돈을 보고 흥분한 것인지 얼굴이 발갛게 물든 두 기녀의 가슴골 사이에 금전 하나씩을 밀어 넣더니 둘의 어깨를 두드렸다.

"내 한바탕 놀기 전에 약을 좀 먹어야겠다. 너흰 그동안 하인들에게 이야기해서 거사에 앞서 목욕재계하도록 해라."

음탕함이 묻어나는 유성의 눈빛에 기녀들이 까르르 웃었다. 앙가슴을 모아 금전을 소중히 품고 유성의 뺨과 입술에 몇 번이나 입술을 맞춘 뒤 방을 나섰다. 유성은 자리에서 일어섰다.

"오셨습니까?"

음탕함이 가득했던 눈에는 총기가 어렸다. 술에 취해 흐느적거리던 자세도 꼿꼿하게 변했다.

"다른 날 올 걸 그랬나?"

유성의 등 뒤에서 신조가 불쑥 나타나며 그리 말했다. 방에 들어서자마자 날아왔던 전음 덕에 신조의 등장을 예상하고 있던 유성도 놀라지 않을 수 없었다. 소리는커녕 기척조차 없었기 때문이다.

"어디…… 에서?"

"너 모르는 곳."

피식 웃으며 유성에게 답한 신조는 침상 위에 걸터앉았다. 유성이 다시 물었다.

"대체 어떻게 되신 겁니까? 비사문에서 난리도 아니었습니다."

신조가 비사문에서 돌연 모습을 감춘 뒤 벌써 육 일이 지났다. 그렇지 않아도 경계를 강화하고 있던 비사문에서 쥐도 새도 모르게 사라졌으니 소란이 없을 수 없었다.

"어떤데?"

신조가 턱짓했다.

유성이 미간을 좁혔다.

"청조까지 데리고 사라지셨으니까요. 서문각은 둘째 치고, 서문지혜 고 계집애한테 당한 걸 생각하면 지금도 골이 울립니다."

"널 추궁하더냐?"

"청조에 대한 적개심이 아주 대단합니다. 대체 그 도도한 계집을 어떻게 자극하신 겁니까?"

"한 거 없다. 그냥 지들이 날 집어삼킬 생각으로 헛물켜고 있던 거지."

유성이 한숨을 내쉬었다. 소리 낮춰 말했다.

"애당초 사숙이 천마회의 무리와 동조하고 있던 것이 아니냐는 소리를 하는 자도 있습니다. 워낙 개연성 없는 주장인지라 묻히긴 했지만, 반감을 가진 무리들이 있다는 겁니다. 그만큼 갑작스런 일이기도 했고요."

신조는 비사문의 위기를 구한 영웅이었다. 그런데 그 영웅이 사태가 다 해결되지도 않은 시점에 돌연 사라졌으니 여러 목소리가 나올 수밖에 없었다. 애당초 배경이 없다는 점을 문제 삼던 치졸한 무리들 또한 적지 않았으니 말이다.

신조가 미간을 좁혔다.

"그럴 수밖에 없었다. 암룡 암부 하나를 죽였거든."

유성의 동공이 커졌다.

신조 또한 목소리를 낮췄다.

"암룡 암부와 접선했는데, 나를 죽이려고 하더군. 그래서 죽였다. 암룡 전체의 의지 같지는 않아. 암룡의 파벌이 갈렸다."

"암화 파벌과 암영 파벌 말씀이시군요."

"아랑 형이 알려 준 것이냐?"

신조가 급히 되물었다.

유성이 고개를 끄덕였다.

"예. 은퇴하셨지만 정보망은 계속 운영하셨으니까
요."

정보의 관리, 무공의 분석.

신조로서는 흉내 낼 수 없는 아랑만의 재주였다. 은
퇴한 지 벌써 몇 년인 사람이 암룡 내부의 일을 손바닥
보듯이 보고 있다니, 실로 감탄만 나왔다.

"아랑 형…… 다른 십삼조원들의 행방은 모르는 건
가?"

"아마도 알고 계실 겁니다. 다만 제게는 알려 주시지
않았습니다."

"아랑 형의 수탐은?"

"아직까지는 별다른 소식이 없습니다."

유성 또한 답답한지 얼굴색이 어두워졌다. 아무래도
스승의 안위가 걱정되는 모양이었다.

신조가 다시 말을 이었다.

"나는 계속 숨어서 천마회나 암룡 측에서 추가적인
움직임을 보이기를 기다리겠다."

"천마회와 암룡, 연관이 있는 겁니까?"

유성의 물음은 타당했다. 청안독노은 둘째 치더라도,
과거 십삼조가 상대했던 여러 마두들의 무공을 천마회
가 사용했다는 것이 문제였다.

신조 또한 부정하지 않았다.

"아마도. 현재로서는 그것 외에 다른 가능성을 논하
기 어렵겠지."

신조가 다시 화두를 돌렸다.

"그보다, 비사문은 천마회에 어떻게 응대할 생각이
지?"

"진선도와 천검문, 서쪽 땅의 다른 정파구주와 회합
을 가진다고 합니다. 비사문주가 천마회 사건을 꽤나
심각하게 보고 있습니다."

비사문 본문이 크게 피해를 입었으니 비사문의 위신
이 상해도 보통 상한 것이 아니었다. 그럼에도 불구하
고 다른 정파구주에게 손을 내민다는 것은 그만큼 일을
무겁게 보고 있다는 뜻이었다.

"그럴 만도 하지. 자칫 비사문의 고수들이 떼죽음 당
할 수도 있었으니."

유성이 고개를 끄덕이며 말을 이었다.

"화약이 연관된 사건인지라 관군도 꽤나 신경을 곤두세우고 있습니다. 다음번 천마회 습격이 언제가 될지는 모르겠지만…… 지난번보다 좋은 쪽으로든 나쁜 쪽으로든 더 크게 일이 터질 것이 분명합니다."

신조는 잠시 생각을 정리했다. 직접 상대한 천마회의 저력과 유성이 말한 여러 변수들을 계산에 넣어 보았다.

"암룡은 암부들의 집단이다. 기실 그 힘은 그렇게 강하지 못해. 전면전이라면 비사문 하나 상대하는 것도 힘들 거다. 하물며 파벌이 나뉜 상태라면…… 분명 다른 무언가가 더 있을 거다."

암룡만의 독단 행동이라 생각하기 어려웠다. 무언가가 더 있었다. 그렇지 않고는 납득하기 힘들었다.

"그러고 보니, 황금충은 돌아왔나?"

신조가 문득 물었다.

유성의 표정이 미묘하게 변했다.

"죽었습니다."

"뭐?"

"도박장에서 칼에 맞았습니다. 단순히 우발적인 사건 같지는 않더군요."

하오문에서 간부의 죽음은 생각보다 흔했다. 황금충의 기반이 튼튼한 청월이 아닌 타지였기도 하니 충분히 있을 법한 일이었다.

신조의 머릿속에 엉엉 울던 청조의 얼굴이 순간 떠올랐다. 신조는 심란함을 억누르며 재차 물었다.

"태산도성은?"

"앓아누운 지 오래입니다. 아마 조만간 도성 자리가 바뀔 겁니다."

신조는 고개를 끄덕였다. 애당초 유성이 청월 땅의 하오문을 꽉 틀어쥐고 있는 상황이지 않았던가.

"나는 그만 돌아가 보마."

"제가 기별을 넣을 방법은 따로 없습니까?"

유성이 급히 물었다. 그 눈에 딱히 다른 감정을 엿보이지 않았지만, 그대로 신조는 고개를 가로저었다.

"걱정 마라. 내가 알아서 찾아오⋯⋯."

신조의 목소리가 도중에 끊어졌다. 아니, 훨씬 더 커다란 소리에 짓뭉개지고 말았다. 신조와 유성이 동시에 창밖을 보았다.

화약 소리였다.

"이렇게 쓰고 버리기에는 다소 아깝군."

비사문에서 일어난 불길이 밤하늘을 어지럽혔다. 높은 지붕 위에 앉아 비명과 고함 소리가 연이어지는 비사문을 보며 적룡이 중얼거렸다.

"호쾌하긴 하다만…… 너무 지르는 감도 있단 말이지."

독무를 풀고 벽력탄을 던지고, 실로 장관이었지만 이곳은 도심이었다. 광룡에서 손을 쓴지라 관군의 출동은 한없이 늦어질 터였지만, 마음 한구석 저어한 마음이 들지 않을 수 없었다.

천마회의 공격력은 막강했다. 머릿수를 채우기 위한 귀졸(鬼卒)들을 제외한다면 그 수가 겨우 서른에 불과했지만 하나하나가 검기상인 절정의 경지이니 제아무리 정파구주 가운데 하나인 비사문이라 할지라도 고전할 수밖에 없었다. 더욱이 사방에서 벽력탄이 터지고 호흡을 어지럽게 하는 독무가 퍼진 상황이지 않은가.

용화는 무표정한 얼굴로 비사문을 보았다.

"마음에 걸리십니까?"

듣기에 따라 여러 가지로 해석할 수 있는 물음이었다. 하지만 적룡은 웃었다. 저 차가운 무표정이 침상 위에서 무너지는 광경을 요 며칠 몇 번이나 목격했기 때문이다.

적룡이 은근한 목소리로 물었다.

"적창대에 들어오겠느냐? 내 네가 꽤 마음에 드는구나."

적룡의 두 눈에는 음심이 가득 묻어났다.

용화는 가늘게나마 어깨를 떨었다. 억누른 목소리로 말했다.

"작전 중입니다."

"그래, 그러니 미쳐 날뛰어야겠지."

적룡은 탁한 웃음을 감추지 않았다. 품에서 검고 붉은 가면을 하나 꺼내 얼굴에 썼다.

"직접 나서실 생각이십니까?"

용화가 물었다.

적룡은 비껴 든 창을 허공에 휘두르며 답했다.

"반응을 보고 자시고 할 필요 있나? 그저 다 죽여 버리면 될 것을. 왜? 이 몸이 걱정이라도 되느냐?"

"무운을 빌겠습니다."

적룡은 소리 내어 웃었다. 몇 번 깔아뭉갰더니 제법 귀여운 계집이 되지 않았는가.

적룡의 가면은 그 바탕이 검었다. 그 안에 붉은 귀신이 그려져 있었다.

"돌아가면 다시 보도록 하지. 오래 걸리지 않을 것이다."

용화는 답하는 대신 고개만 숙였다.

적룡은 비사문을 보았다. 사납게 웃으며 신형을 날렸다.

핑음이 비명을 집어삼켰다. 크게 일어난 불길이 밤하늘을 밝혔다.

신조는 비사문을 향해 달렸다. 거리가 가까워지면 가까워질수록 의구심이 솟구쳤다. 지난번 습격 이후 방비를 강화한 비사문이었다. 청월에 주둔한 관군 역시 오가는 이들의 검문을 강화하고 성문을 경비하는 초병의 수를 늘렸다. 그런데 이번에도 청월 도심에 위치한 비사문이 기습을 당했다.

관군은 어째서 침묵하는가.

어찌하여 일이 이 지경이 되었는데도 호각 소리 하나 울리지 않는단 말인가.

'천마회, 그 규모가 대체 얼마나 되는 것이냐.'

지난번 습격보다 적은 수가 쳐들어왔을 가능성은 낮았다. 최소 이전과 같을 터이니, 천마회가 보유한 검기상인 절정의 고수가 단순 계산으로도 예순에 달한다는 결과가 나왔다. 이 정도 힘을 가진 문파는 드물었다. 정파 최강이라 불리는 천검문도 검기상인 절정의 고수는 결코 백을 헤아리지 못했다.

거리가 좁혀졌다. 굉음과 비명, 싸우는 소리가 멀지 않았다. 차가운 밤공기를 몰아낸 불길의 뜨거운 열기가 피부로 느껴졌다.

신조는 마침내 비사문에 도달했다. 담벼락을 박차고 하늘 높이 비상했다.

적룡은 유유히 거닐며 불타는 비사문을 돌아보았다. 일백에 달하는 귀졸들과 마인 서른 명이 휩쓸고 지나간 비사문의 정경은 참혹했다. 벽력탄은 건물과 사람을 가리지 않고 파괴했고, 사나운 불길은 모든 것을 집어삼켰다. 곳곳에 죽어 나자빠진 이들이 보였다.

"실로 방자하구나."

하지만 적룡의 눈에는 그런 참혹함이 들어오지 않았다. 그저 대궐을 연상시킬 정도로 거대한 비사문의 장원 규모만이 눈에 거슬릴 뿐이었다.

서쪽 땅의 왕가나 다름없는 서문가.

코웃음이 나왔다. 정파구주니 사파칠주니 떠들어 봐야 혼자서는 기껏 일천을 겨우 헤아리는 무리들에 불과했다. 수십만 정병을 거느린 황실의 힘에 비할 바가 못되었다.

천마회 계획은 이제부터가 시작이었다. 용조가 이끈 첫 공격은 어찌 운 좋게 막아 냈을지 몰라도 이번에는 아니었다. 적룡 자신이 온 이상 비사문에 내일이란 존재하지 않았다.

비사문을 뒤덮은 독무는 광룡이 가진 비장의 수들 가운데 하나였다. 움직임을 둔화시키고 집중을 흩어지게 하는 독으로, 치사성은 없었지만 그것만으로도 효과는 충분했다. 이 독무의 장점은 유지되는 독이 아니기에 해독제를 만들기 어렵다는 점과, 적응이나 면역이 극히 어렵다는 점이었다. 적어도 수년간 공을 들여야 이 독무 속에서 자유로이 움직일 수 있었다. 광룡의 무인들은 양성 과정 중 자신들도 모르는 사이에 이 독무에 대한 면역력을 기르게 되어 있었다.

적룡은 시선을 멀리하였다. 비사문 깊은 곳에서 웅대한 기운이 느껴졌다. 아마도 비사문주 서문용천일 터였다.

"그래도 제법 일문의 문주답구나."

이 독무 속에서 저 정도의 내력을 발하다니, 천마회 마인 여럿이 협공한다 해도 고전을 면치 못하겠구나.

하지만 적룡은 서두르지 않았다. 넓게 퍼트린 기감에 걸린 새로운 기운에 엷은 미소를 그렸다. 허공으로 시선을 돌렸다.

신조 또한 보았다. 비사문의 전체적인 상황을 파악하기 위해 비상한 순간, 느꼈다. 느낄 수밖에 없었다.

자연히 시선이 돌아갔다. 그리고 자신을 향한 시선을 마주했다.

붉은옷을 입은 건장한 체구의 무인이었다. 손에는 아무런 장식 없이 투박하고 거대한 창을 들었고, 얼굴에는 하얀 귀신이 그려진 검은 가면을 썼다.

시선이 마주한 순간, 사내가 창을 들지 않은 왼손을 들었다. 어서 오라는 듯 가볍게 손짓했다. 순간, 폭발하듯 기운을 일으켰다.

대기가 진동했다. 주변 일대가 진감하며 소리 없는 비명을 질렀다.

그 정도의 기운이었다. 그만큼 압도적인 위세였다.

거리는 아직 멀었다. 하지만 신조는 지상에 착지하는

그 순간, 어깨를 떨었다. 상대가 누군지 직감했다.

'적룡!'

광룡의 여섯 대주 가운데 하나, 패도의 무인.

신조의 머릿속에서 모든 것들이 하나로 이어졌다.

움직이지 않는 관군, 암룡의 파벌 싸움, 막강한 천마회의 저력, 마두들의 무공을 가진 천마회.

'광룡, 광룡인가?!'

광룡이라면 가능했다. 충분히 그럴 힘이 있었다. 하지만 왜, 대체 무엇 때문에 광룡이!

신조는 생각을 끊고 정면을 보았다. 적룡이 거창을 곧이 세우고 맹렬한 기세로 돌진해 왔다.

신조는 적룡을 잘 알았다. 광룡의 여섯 대주 가운데 하나인 그는 강했다. 일문의 문주들 가운데서도 그에 맞설 수 있는 것은 천검문이나 흑사문의 문주 정도이리라.

광룡은 암룡과 달랐다. 광룡은 황실의 힘, 그 자체였고, 때문에 강해야 했다. 그 무엇이든 정면에서 찍어누르고 파괴할 수 있는 힘을 갖추어야만 했다. 광룡의 여섯 대주는 중원제일의 금력을 가진 황실이 길러 낸 최고의 무인들이었다. 일문의 장로와 비견되는 신조 자신의 무위로는 결코 맞상대할 수 없었다.

'아니, 달라.'

그것은 과거의 신조였다. 반로환동과 환골탈태를 거치기 이전의 신조라면 상대조차 되지 않을 터였지만, 이제는 달랐다. 충분히 맞상대가 가능하리라!

신조는 도망치지 않았다. 적룡을 향해 진각을 밟았다. 앞으로 치고 달리며 적룡의 창끝을 똑바로 보았다.

창을 통한 공격은 결국 직선이었다. 그 속도가 빠르면 빠를수록 그 궤적은 단순해질 수밖에 없었다.

콰앙!

적룡의 창끝이 허공을 격타하며 굉음을 일으켰다. 대지가 찢어지며 비명을 질렀다. 창날에 닿지 않은 신조의 옷 앞섶 일부가 찢겨져 나갈 정도로 패도적인 공격이었다.

그 여파에 자세가 흔들린 신조는 반격을 하지 못했다. 적룡을 훨씬 더 지나쳐 거리를 벌린 뒤에야 돌아섰다.

적룡도 신조 쪽으로 몸을 돌렸다. 가면을 써 보이지 않는 얼굴이 호쾌한 웃음을 터트렸다.

"내 일수를 피하다니, 제법이구나!"

눈앞에 있는 것은 아마도 보고가 들어왔던 신조의 제자이리라. 하지만 적룡은 신경 쓰지 않았다. 신조를 잡

기 위해 생포해야 한다는 명령 또한 머릿속에서 지워
버렸다.

피가 끓어올랐다. 무인의 혼이 싸움을 갈망했다. 이
얼마 만에 맛보는 투쟁심이란 말인가.

신조는 숨을 골랐다. 무어라 대꾸하는 대신 제삼자가
되어 지금의 싸움을 지켜보았다.

'길게 끌면 이길 수 없는 싸움이다.'

그렇다면 어찌할 것인가.

어떻게 해야 할 것인가.

단기속전.

놈이 자신을 얕볼 때 생각지도 못했던 힘으로 몰아붙
인다. 틈을 노려 목숨을 앗아갈 일격을 가한다.

결심했다면 실행한다.

신조가 숨을 삼켰다. 일말의 주저도 없이 절기를 발
동시켰다.

불사신조 제일식.

홍염(紅焰)!

신조의 전신에서 붉은 기운이 피어올랐다. 단번에 모

든 감각이 몇 배나 확장되었다. 갑작스런 변모에 적룡의 기도가 순간이지만 흔들렸다. 신조는 놓치지 않았다. 들고 있던 검을 적룡에게 집어 던졌다.

장검이 흡사 섬전처럼 적룡에게 쏟아졌다. 하지만 광룡의 대주인 적룡이었다. 당황하지 않고 창을 휘둘러 날아오는 검을 튕겨 냈다. 그리고 그 순간, 신조가 적룡의 측면을 파고들었다. 창을 쥔 손의 안쪽을 향한 공격이었다. 이미 창을 한 번 휘둘렀기에 빠른 반응을 보이기 힘든 방면이었다.

적룡과 신조의 눈이 마주쳤다.

거리는 이제 지척.

신조가 적룡의 품을 향해 파고들었다!

"갈!"

적룡이 돌연 사자후를 내질렀다. 적룡의 전신에서 무형의 기파가 쏟아졌고, 돌진하던 신조는 무지막지한 기파에 밀려나고 말았다.

실로 압도적인 적룡의 내력이었다. 얼추 잡아도 삼 갑자 이상. 이 갑자를 겨우 넘기는 신조를 압도하기 충분했다.

절호의 공격 기회를 잃은 신조는 아쉬움을 느낄 새가

없었다. 급히 바닥을 박차고 뛰어올랐다. 신조가 머물렀던 자리로 적룡의 거창이 쏟아졌다.

콰가가가강!

뇌성이 울리며 지면이 깨져 나갔다. 적룡의 전신에서도 패도적인 붉은 기운이 불길처럼 일었다.

적룡이 신조에게 달려들었다. 한 번 잡은 공세를 놓치지 않았다. 수없이 많은 직선으로 면을 만들어 공간을 제압했다.

실로 광룡의 대주다운 무위였다. 장창이 가진 거리상의 이점을 최대한 발휘해 신조를 몰아붙였다. 비수를 든 신조가 파고들 틈을 주지 않는 것에 그치지 않고, 아예 공격할 기회 자체를 박탈했다.

여색을 밝히고 약자를 짓밟기 좋아하는 흉포한 적룡이었지만, 무에 대한 재능만큼은 진짜였다. 신조가 절기를 발휘한 순간, 적룡 또한 본능적으로 느꼈다.

틈을 주는 순간 당할 수도 있다.

끊임없이 몰아붙여 아예 반격할 엄두조차 내지 못하게 만들어야 한다.

적룡의 창끝이 다시 한 번 허공을 헤집었다. 신조는 가까스로 그 매서운 공세를 피하고 있었지만, 점점 더 뒤로 몰릴 뿐이었다. 적룡이 거의 낭비에 가까울 정도로 내력을 퍼부어 대니 설사 공격을 회피해도 완전히 자유로울 수 없었다. 대기를 타고 전해진 패력이 신조의 육신을 두들겼다.

싸움의 주도권을 완전히 빼앗겼다. 하지만 신조는 포기하지 않았다. 등 뒤, 멀지 않은 곳에 벽이 느껴졌다. 신조는 물러서는 대신 공중으로 솟구쳤고, 적룡의 눈빛에 즐거움이 어렸다. 이제까지 미꾸라지처럼 적룡의 공격을 피한 신조였지만 공중에서라면 그 기동이 크게 제한될 수밖에 없었다. 적룡은 지금까지처럼 면을 만드는 공격을 하는 대신 허공의 신조를 향해 일섬을 내질렀다.

신조가 노린바 그대로였다.

신조가 허공을 박찼다. 허공답보라고 하기도 뭐한, 단 한 번의 수에 불과했지만, 그 효과는 충분했다.

신조가 적룡의 창을 지나쳤다. 창대를 따라 질주하듯 적룡의 품에 파고들었다.

"갈!"

적룡의 전신에서 다시 한 번 기파가 뿜어졌다. 허공을 격해 만든 추진력이었던지라 신조의 돌진이 한풀 꺾이고 말았다. 적룡이 창을 휘둘렀다. 이번에는 신조도

완전히 피하지 못했다. 창대에 얻어맞아 엉망진창으로
바닥을 나뒹굴었다.

"하아…… 하아……."

적룡이 거친 숨을 토했다. 내력을 순간적으로 방출한
탓에 손과 발이 떨렸다.

아찔했다. 조금만 늦었어도 신조의 비수가 가슴을 꿰
뚫었을 터다.

적룡도 이제는 확신했다.

신조다. 신조의 제자 따위가 아니다.

얼굴이 달랐지만, 그 전투법이 그렇게 말했다. 신조
본인이 아닌 제자 따위가 이런 힘을 보일 수는 없었다.

'더욱이 저 불길…….'

오행 가운데 화의 힘을 담은 기운.

적룡의 등줄기를 따라 희열이 흘렀다.

십삼조의 스승, 그 남자의 무공이 분명했다.

즐기고 싶었다. 더욱더 오랫동안 싸우고 싶었다. 하
지만 적룡은 자신의 욕심을 억눌렀다. 압도적인 내력에
힘입어 유리한 고지를 차지하고 있었지만, 뒤집어 생각
하면 오직 그것뿐이었다.

어째서 용왕대주와 백룡, 녹룡이 그토록 십삼조에 집

착했는지 이제는 알 수 있었다. 일개 암부 따위가 아니었다. 이 싸움에서 적룡 자신이 죽는다 해도 조금도 이상하지 않으리라.

'끝낼 수 있을 때 끝낸다.'

적룡은 이를 악물로 자세를 바로 하는 신조를 보았다. 거창을 세우고 돌진했다.

모든 것이 엉망진창이었다.

방금 일격은 컸다. 빗맞았지만 적룡의 무지막지한 내력과 괴력에 몸을 고스란히 내주고 말았다.

숨이 차올랐다. 처음 기세를 뺏긴 이후로 신조 자신의 싸움을 할 수 없었다. 신조는 비수를 역수로 쥐었다. 자신에게 맹진하기 위해 거창을 세우는 적룡을 똑똑히 보았다.

적룡이 진각을 밟았다. 신조 또한 마주 달려 나가기 위해 자세를 낮췄다.

하지만 바로 그 순간, 신조가 돌연 상체를 뒤로 뺐다. 지면을 박차 몸을 뒤로 날렸다. 본래 계획된 움직임이 아닌지 불안정하기 짝이 없었다. 적룡의 눈에 노기가 실렸다. 신조를 쫓아 다시 한 번 지면을 박차는 대신 움켜쥔 거창을 앞으로 내뻗었다.

츠화아아악!

창끝에 어린 기운이 신조를 향해 쏟아져 나갔다.

붉고 거대한 강기 덩어리였다.

신조는 이를 악물었다. 비수를 휘두르거나 몸을 뒤트
는 대신 마음속으로 소리쳤다.

'형!'

노인이었다. 비수처럼 날아든 노인 하나가 신조와 강
기 덩어리 사이로 몸을 던졌다.

신조는 노인의 등을 보았다.

적룡은 노인의 얼굴을 보았다.

늙었으나 여전히 잘생긴 얼굴. 적룡이 익히 알고 있
는 남자의 얼굴.

'십삼조의 아랑!'

아랑이 강기를 향해 손바닥을 뻗었다. 물려받은 절기
를 펼쳤다.

집어삼켜라, 탐욕!

탐랑(貪狼)!

적룡의 강기가 거짓말처럼 아랑의 손바닥에 빨려 들어갔다. 상대의 내력을 강탈하는 흡성대법이라면 직접 본 적도 있는 적룡이었지만, 강기를 흡수하는 무공 같은 것은 들어 본 적조차 없었다.

하지만 현실이었다. 적룡의 강기 덩어리가 사라졌다.

그리고 그 빈틈.

신조가 돌진했다.

처음 아랑의 전음을 들은 순간, 신조는 머릿속에서 무언가가 변하는 것을 느꼈다.

아랑이 마침내 나타나 신조에게 등을 보이고 적룡의 강기를 막아 냈을 때, 신조는 비로소 돌아갈 수 있었다. 되찾을 수 있었다.

십삼조의 신조.

신조 자신의 싸움법.

아랑과의 의사 교환은 없었다. 하지만 신조는 아랑이 손바닥을 펼친 순간, 이미 앞으로 치고 나갈 준비를 시작했다. 강기 덩어리가 채 사라지기 전에 신형을 앞으로 쏘았다.

강기가 사라진 틈을 파고들어 돌진했다. 적룡의 눈빛

이 흔들렸다. 다시 한 번 창을 내뻗었다. 여차하면 지금까지처럼 기파를 내뿜기 위해 내기를 끌어모으는 것이 여실히 느껴졌다.

신조는 멈추지 않았다. 자신의 싸움을 했다.

내공이 압도적인 것이 무슨 상관이란 말인가.

"모두 똑같아. 찌르면 죽지."

스승님의 가르침.

"신조(迅鳥)가 좋겠다. 넌 우리 중에 발이 가장 빠르잖아? 마치 새 같아."

요호가 지어 준 이름, 가장 빠른 새.

신조의 전신에서 화기가 일렁였다. 적룡의 거창을 향해 똑바로 직진했다.

적룡의 거창이 허공을 꿰뚫었다. 적룡은 급히 눈동자를 굴려 신조를 찾고자 했다. 이제까지와 마찬가지로 창을 아슬아슬하게 피한 뒤 품에 파고들려는 신조에게 기파를 내뿜고자 했다.

하지만 보이지 않았다. 신조가 사라졌다.

'이형환위?!'

아니었다. 이형환위가 아니었다.

그것과는 다른 것. 보다 빠른 무언가!

적룡이 호신강기로 전신을 감쌌다. 급히 돌아서려 했다. 하지만 늦었다. 적룡이 등 뒤의 신조를 인지했을 때는 이미 신조의 일수가 행해진 후였다.

신조의 전신에서 일렁이던 붉은 기운이 모두 다 손끝에 모였다. 하나로 응집해 붉고 붉은 그것이 적룡의 호신강기를 꿰뚫었다.

불사신조, 용살(龍殺)의 법.

가루라(迦樓羅).

용을 잡아먹고 사는 이국의 신수 가루라(迦樓羅).

진홍의 강기에 휩싸인 신조의 비수가 적룡의 등을 꿰뚫어 심장에 도달했다. 적룡의 등과 가슴에서 폭발하듯 붉은 강기로 이루어진 홍련이 피어올랐다.

적룡의 하얀 귀신 가면 아래로 왈칵 피가 쏟아졌다.

"십삼…… 조……."

그것이 적룡의 마지막이었다. 다시 한 번 피를 토한 뒤, 그 자리에 무너졌다.

신조가 숨을 헐떡였다. 다리에 힘이 없어 볼썽사납게 주저앉았다.

"형."

하지만 웃었다. 그리고 그런 신조의 부름에 적룡 너머, 마찬가지로 바닥에 주저앉은 아랑이 마주 웃었다.

"그래, 신조."

십삼조의 넷째 아랑.

백발이 성성한 노인.

신조는 다시 한 번 웃었다. 마음 놓고 졸도했다.

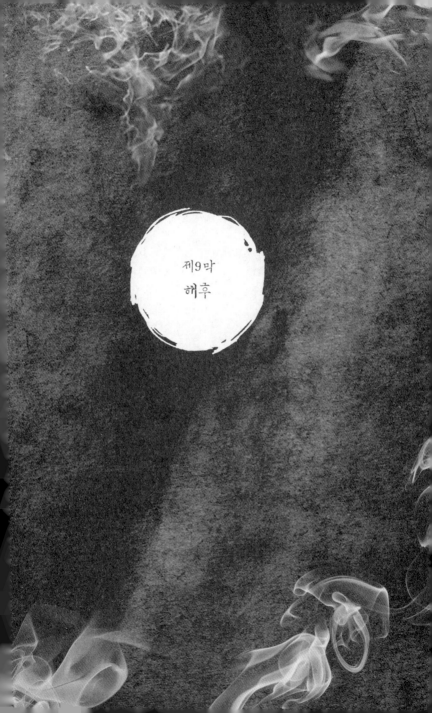

제9막
해후

나는 가치를 찾고 싶었다.

내가 태어난 이유…… 그런 것을 말하는 것이 아니야.

내가 이룬 것, 내가 이 세상에 태어나 남긴 것…….

—창룡

◑

삼십하고도 몇 년 전일까, 요호 누나가 아직 우리 곁에 남아 있던 때였다.

"왜 정면 대결을 한 거지, 형?"

뇌호는 무척이나 화가 나 있었다. 이름 그대로 호랑이 상인 얼굴엔 감히 거역할 수 없는 힘이 어렸다.

하지만 창룡은 담담했다. 부상 때문에 피를 많이 흘려 하얗게 질린 얼굴이었지만, 그 표정만은 평온하였다.

"그는 암습으로 죽을 만한 무인이 아니었다."

십삼조는 무인 하나를 해치웠다. 정파의 무인답게 정순하고 곧은 검을 쓰는 자였다.

그를 쓰러트리기 위해 많은 준비가 필요했다. 아랑이 정보를 모으고 뇌호가 작전을 짰다. 십삼조가 총동원되어 그를 막다른 골목까지 몰아넣을 수 있었다.

피해는 없었어야 했다. 신조의 조용한 암습으로 끝을 냈어야 했다.

하지만 창룡은 그렇게 하지 않았다.

"그래서 정면 대결을 하셨다?"

뇌호가 쏘아붙였다. 죄 없는 아랑과 신조가 절로 어깨를 움츠릴 만큼 무지막지한 박력이 실려 있었다.

창룡은 대답하지 않았다.

뇌호가 소리쳤다.

"그래서 그 결과가 이거야? 피해 없이 잡을 수 있는

사냥감을 상대로 형이 이 지경이 됐어!"

무인은 강했다. 십삼조 가운데 가장 강한 창룡으로도 벅찬 상대였다. 끝내 이기긴 했지만, 그 결과는 참담했다.

"부상이 심하긴 해."

창룡의 상처를 돌보던 애묘가 착 가라앉은 목소리로 말했다. 전신에 부상이 심했다. 기혈도 심하게 뒤틀렸다. 애묘가 곁에 없었더라면 진즉에 죽었을 목숨이다.

하지만 창룡은 자신의 부상보다 다른 것에 신경을 썼다. 지금까지 그저 평온하던 얼굴에 노기를 보였다.

"뇌호, 사냥감이라 말하지 마라. 앞서 말했듯이 그는 존경받을 만한 무인이었다."

"개뿔이!"

언제나 이성적인 뇌호였지만 지금은 달랐다. 주체하지 못한 감정을 조금도 감추지 않았다.

"죽이라고 지령이 내려온 자야. 존경받을 만한 자면 왜 죽이라고 명령이 내려왔겠어?"

"정말 그렇게 생각하나, 뇌호?"

창룡이 뇌호를 똑바로 노려보았다. 뇌호는 이를 악물었다. 그도 알았다. 암룡은, 황실은 절대적 정의가 아니었다. 십삼조가 처리한 무인이 죽은 이유는 간단했다. 그는 황실에 있어 위협이 될 만한 자였다. 그것 외에 그가 죽어야 할 이유는 없었다. 그는 죽어 마땅한 극악무도한 악인이 아니었다.

뇌호는 숨을 골랐다. 흥분을 가라앉히고 다시 말했다.

"형은 십삼조의 기둥이야. 그걸 명심해. 형이 위험해지면 우리 모두가 위험해져. 형이 싸우다가 죽었다면 어떻게 되었을 것 같아?"

싸움 도중 신조가 몇 번이나 끼어들려고 했다. 신조뿐만 아니라 싸움을 지켜보던 애묘 역시 그러했다.

창룡이 무인과의 결투에서 죽었다면 어떻게 되었을까?

그 뒤에 대체 무슨 일들이 벌어졌을까?

창룡의 죽음 이후 남겨진 십삼조는 어찌 되었을까?

창룡은 결국 고개를 숙였다.

"미안하다."

"미안하면 이제 좀 그만해."

애묘가 애교와 타박이 반씩 섞인 목소리로 말하며 창룡의 환부에 고약을 발랐다. 반사적으로 눈살을 찌푸리는 창룡의 얼굴을 보며 뇌호가 퉁명스럽게 말했다.

"애묘, 최대한 아프게 치료해라."

애묘는 까르르 웃음을 터트렸다.

●

"깼냐?"

신조는 눈을 떴다. 색이 바란 천장 아래 노인의 얼굴이 보였다.

"진짜 아랑 형이네."

"그럼 내가 가짜겠냐?"

느긋하게 말을 주고받았다. 마지막으로 봤을 때보다 잔주름이 조금 늘긴 했지만, 분명 아랑이었다. 신조의 얼굴에 미소가 번졌다.

"걱정했어."

"나도 걱정했다, 이놈아."

늙었음에도 여전히 잘생긴 아랑의 얼굴 또한 웃고 있었다. 지금 이곳이 어디인지, 시간이 얼마나 지났는지는 신조의 머릿속에 없었다. 신조는 아랑의 손을 덥석 잡으며 급히 물었다.

"요호 누나랑 애묘 누나는? 맹저랑 뇌호 형이랑 창룡 형은?"

은퇴한 지 이미 십 년 가까이 된 아랑 형이라면 나머지 형들과 누이들의 거처를 모두 꿰고 있으리라. 신조의 두 눈에 실린 기대는 삼척동자라도 알 수 있을 정도였다.

아랑이 눈썹을 꺾었다.

"나도 모른다."

"모…… 른다고?"

"전원과 연락을 주고받은 것은 삼 년 전이야. 그 이후는 나도 몰라."

신조는 저도 모르게 마른침을 꿀꺽 삼켰다. 차오른 숨을 토하며 불안한 목소리로 물었다.

"요호…… 누나는 무사하지?"

아랑의 입꼬리가 올라갔다.

"야, 네놈은 요호 누나만 걱정되냐?"

반응을 보니 큰 탈은 없는 모양이었다. 안도의 숨을 길게 내쉰 신조는 어색하게나마 얼굴에 미소를 그리며 답했다.

"제일 걱정되는 사람 꼽으라면 역시 요호 누나지."

"그래, 그건 나도 그러니까. 내가 마지막으로 봤을 때는 괜찮았어."

"정말이지? 건강하고?"

"그래."

시원시원한 아랑의 대답에 신조는 다시 한 번 안도했다. 가슴을 짓누르던 바위 하나가 사라진 기분까지 들었다.

"휴우……."

"거참, 나머진 듣지도 않고 안심하네."

어이가 없다는 듯 아랑이 킥킥 웃었다.

신조가 말을 받았다.

"다른 형들이나 누나들이야 당연히 무사하겠지. 제일 약한 우리 아랑 형도 이렇게 멀쩡하잖아?"

"나이 처먹고도 말투 어리다고 놀리려 했건만, 이제는 외모까지 젊어서 뭐라 할 수가 없군."

아랑이 끌끌 혀를 찼다. 젊은 시절부터의 버릇이었는데, 이제는 썩 잘 어울렸다.

"그…… 러고 보니 안 놀라?"

"뭐? 네놈이 반로환동한 거?"

"어."

깜짝 놀랄 줄 알았는데 반응이 너무 태연하다. 더욱이 이 물어 오는 태도는 무엇이란 말인가. 전에 유성에게 했다는 말도 그렇고, 아랑은 신조 자신이 반로환동할 거란 사실을 미리 알고 있기라도 했단 말인가.

"놀라긴 뭘 놀라. 네놈 무공이 본래 그런 무공인데."

신조는 눈을 껌벅였다.

아랑은 아랑곳 않고 말을 이었다.

"그래도 내가 준 월광단이 효과 좀 봤지? 그거, 힘들게 구한 거다."

"아니, 그거 먹기 전에 한 건데. 그보다 본래 그런 무공이라니, 그건 무슨 소리지?"

당혹스러웠다. 애당초 월광단 자체가 반로환동을 돕기 위해 준비한 물건이라니. 그렇다면 정말로 아랑은 신조 자신이 반로환동할 거란 사실을 알고 있었다는 소리 아닌가.

아랑이 눈살을 찌푸렸다.

"왜 무공 배운 놈이 그걸 모르고 옆에서 곁눈질로 본 내가 그걸 아는 거냐?"

신조는 무어라 답하지 않고 그저 아랑의 두 눈만 보았다.

얼른 답하라 채근하는 그 시선에 아랑이 혀를 찼다.

"야, 내가 스승님께 배운 게 뭐였지?"

"정보 분석과 무공의 파훼."

"그래. 그래서 난 우리 십삼조 일곱 명의 절기나 무공을 어느 정도 꿰고 있지. 그리고 네 녀석의 무공은······ 애당초 반로환동의 단초를 그 안에 갖고 있다."

"그런 게 가능하단 말이야?"

반로환동을 염두에 둔 무공이라니. 그런 것이 가능하긴 하단 말인가? 전설상에나 언급되는 반로환동을 인위적으로 조작해 내는 것이 말이다.

일반적으론 불가능했다. 있을 수 없는 일이었다. 하지만 아랑은 아주 간단하게 그런 상식과 의구심 모두를 파괴했다.

"스승님이시잖냐."

신조는 납득했다. 그럴 수밖에 없었다.

스승님.

십삼조 전원에게 각기 다른 절기와 무공을 전수해 준, 실로 초인이라고밖에 표현 못할 존재.

"스승님이 어째서 그런 무공을 창안하셨는지, 그리고 그걸 왜 하필 네놈한테만 전수해 주셔서 나만 혼자 이렇게 꼬부랑 할아버지가 되었는지는 하늘도 모를 일이다만, 아무튼 그렇게 되었다. 그런데 월광단, 그 비싼 거 너 처먹으라고 유성이 놈한테 맡겨 뒀는데 안 처먹었으면 지금도 보관 중이냐? 안 먹었으면 줘. 나라도 먹게. 누가 아냐, 나도 무공 수위가 팍 솟구쳐서 반로환동할지."

숨 한 번 안 고르고 쏟아진 말의 폭우였다.

신조는 미간을 좁혔다.

"아니, 그거……."

자신이 안 먹고 청조에게 주었다고 하면 아랑이 어떻게 반응할까?

그 비싼 걸 그렇게 처리했냐고 목을 조를까?

'가만.'

청조.

신조가 자리에서 벌떡 일어섰다.

"지금 상황이 어떻게 되었지? 며칠 지났어?"

다급한 물음이었다.

아랑은 장난치는 대신 즉답했다.

"비사문이 개 털렸다. 이번에도 어찌어찌 막아 내긴 했지만, 피해가 커. 그리고 사 일 지났다."

사 일.

지난번보다 더 긴 시간.

신조는 이를 악물었다. 대충 주변을 둘러보더니 벽에 걸려 있던 옷가지를 걸치고 문을 박찼다.

"어디 가냐?"

아랑이 방 안에서 물었다.

평범한 민가 마당에 선 신조는 뒤돌아보지 않고 답했다.

"따라와!"

"흐아아아아아아아앙!"

"미안하다, 미안해. 미안."

청조가 신조의 품에 안겨 대성통곡했다. 어찌나 서럽게 우는지 지난번처럼 코 풀라는 소리도 할 수가 없었다.

"쥐가, 벌레가, 신조 님 죽은 줄, 평생 갇혀…… 흐아……앙."

제대로 말도 못하면서 끊임없이 무어라 중얼거렸다. 대강 들어 보니 갇혀 있는 동안 쥐나 벌레가 잔뜩 나와서 무서웠다, 신조가 죽은 줄 알았다, 평생 갇혀 있어야 할까 봐 너무 무서웠다, 정도인 듯했다.

　신조는 청조의 머리를 쓰다듬고 등을 두드려 주었다. 이렇게 엉망진창이 돼서 우는 것도 이해가 갔다. 이번에는 저번처럼 청조가 인내심을 가지고 '자의'로 기다린 것이 아니었으니까. 청조가 숨어 있던 비밀 장소 위에 침상을 올려놓은 터라 청조는 자력으로는 비밀 장소에서 빠져나올 수도 없었다. 신조가 오지 않았다면 빛하나 없는 지하에서 굶어 죽을 뻔했다 해도 과언이 아니었다.

　"이제 괜찮아, 이제 괜찮다."

　어린애 어르듯 그리 말하며 몇 번 끌어안고 토닥여 주자 청조는 이내 긴장이 풀린 탓인지 혼절해 버렸다. 눈물 콧물 다 짜낸 청조를 엉거주춤하게 안고 있는 신조를 보며 아랑이 혀를 찼다.

　"독한 놈."

　"생각이 있기는 하냐? 아무리 안전 추구라고 해도 그렇지, 네놈이 나갔다가 급습당해서 윽, 하고 죽으면 같이 순장당하라는 거야, 뭐야?"

　탈진에 가까운 상태로 잠든 청조를 침상에 눕히자마

자 아랑이 잔소리를 시작했다. 결과가 결과인지라 할 말이 없어진 신조는 입술만 몇 번 달싹이다가 반론을 포기했다. 두 손을 들어 올렸다.

"알았어. 내가 간만에 민간인 데리고 일하다 보니 실수했수다."

그래도 천만다행이었다. 아랑이 제때 끼어들지 않았다면 생환을 장담할 수 없는 상황이었으니 말이다. 자칫 잘못했으면 아랑 말대로 청조를 굶겨 죽일 뻔했다.

아랑은 모자란 동생이 딱하다는 듯 연신 혀를 찼다. 의자에 걸터앉으며 턱짓했다.

"으이그, 그래도 많이 친해진 모양이다? 자빠트리긴 했고? 감상 좀 말해 봐라."

참으로 원색적인 아랑의 말투였다. 본래 이런 저렴한 인간인 건 알았지만 몇 년 만에 들으니 또 새삼 새로웠다.

신조는 침상 끄트머리에 엉덩이를 걸치며 물었다.

"도대체 얠 보낸 이유가 뭐야? 재미있긴 했다만."

"네 신붓감."

신조는 눈을 깜박였다. 표정 하나 변하지 않는 아랑의 즉답에 고개를 갸웃 기울였다.

"뭐?"

"너 좋다는 맹저 평생 쳐 내고, 얼굴 망가졌다고 창기 하나 안 품고, 오르지 못할 나무만 쳐다보고 있는 애묘만 또 쳐다보고 있는 네놈이 총각으로 늙어 뒈질까봐 준비한 네 신붓감."

신조는 입을 벌렸지만, 이내 다시 다물었다. 갈데없는 손가락으로 허공을 헤매다가 겨우겨우 다시 입을 열었다.

"아니, 나이……."

"반로환동했잖냐. 환골탈태로 얼굴도 싹 고쳐졌고."

아랑은 신조의 말을 허리부터 싹둑 자르더니 자리에서 일어섰다. 곤히 자는 청조 쪽으로 눈동자를 굴리며 한숨을 토했다.

"꼬라지 보니까 아직 자빠트리진 않았네. 허허, 이런 숙맥 같으니라고. 내가 너한테 시집보내려고 이날 이때까지 눈독만 들여 놓고 손가락 하나 안 건드린 애인데."

신조는 혼란스러웠다. 아랑의 대화를 쫓아갈 수 없었다. 광룡과 암룡 등으로 꽉 차 있던 머릿속에 난데없는 결혼 계획 하나가 들어와 난동을 부렸다.

"마음에 들긴 하지?"

아랑이 은근한 어조로 물었다.

겨우 정신을 차린 신조가 생각과 이야기 모두를 끊듯 크게 손을 휘둘렀다.

"지금 그런 게 중요한 게 아니야. 광룡과 암룡은 대체 무슨 속셈이지? 대체 무슨 일이 일어나고 있는 거야?"

"너, 잘 빠져나간다?"

"형!"

신조가 자리에서 벌떡 일어섰다.

아랑은 눈살을 찌푸렸다. 다시 의자 위에 털썩 앉더니, 소리 죽여 말했다.

"광룡이 무림에 혈겁을 일으키려 하고 있다."

아랑도 광룡의 모든 계획을 알지는 못했다. 그저 신조에게 이야기했듯이 광룡의 행보가 무림에 혈겁을 일으키게 될 것이란 사실 하나만을 추측할 뿐이었다.

"우리의 최우선 목표는 십삼조의 확보…… 아니, 말살이야. 이유는 모르겠다만, 광룡이 우리 십삼조를 노리고 있다."

"요호 누나부터 찾아야 하는 거 아냐?"

신조가 급히 말했다.

하지만 아랑은 고개를 가로저었다.

"아니, 요호 누나라면 괜찮아. 오히려 맹저나 뇌호 형이 더 걱정된다, 나는."

"하지만 그 둘이라면……."

"신조, 광룡의 입장에서 다시 생각해 봐라. 십삼조에서 가장 위험한 존재가 누구일까?"

십삼조의 일곱 가운데 가장 위험한 자는 누구인가.

십삼조가 전설이었던 이유는 그 개개인의 무공이 강해서가 아니었다. 그건 그저 부가적인 이유에 불과했다.

"뇌호 형과 맹저."

지략가인 뇌호.

암룡 최고의 술사인 맹저.

조직의 입장에서는 가장 성가신 두 사람.

"그래, 그 둘이 가장 위험해."

●

천마회의 연이은 공격에 비사문은 막대한 피해를 입

었다. 장원 내부는 반 이상이 불타거나 폭발했고, 남아 있던 고수들 가운데서도 많은 이들이 목숨을 잃거나 큰 부상을 당했다.

비사문주 서문용천 역시 부상이 심해 운신이 불가할 정도였다. 병상에 누운 서문용천을 대신해 비사문의 지휘를 맡은 서문호천 또한 팔 하나를 잃는 불운을 겪었다.

비사문으로서는 알 수 없는 일이었지만, 만약 적룡이 신조와의 싸움으로 죽지 않았다면 비사문은 습격이 있던 날 멸문했을 터였다.

더욱이 비사문이 입은 타격은 오직 고수들에 국한되지 않았다.

서쪽 땅 제일의 금력을 자랑하는 비사문의 상권이 뒤흔들렸다. 비사문이 서쪽 땅에서 독보적인 위치에 존재할 수 있던 것은 금력과 무력 모두를 갖추었기 때문인데, 무력이 크게 뒤흔들리니 금력이라고 온전할 수가 없는 법이었다.

비사문의 총체적인 위기였다. 지금 당장 봉문을 선언한다 할지라도 이상하게 여길 이가 하나 없을 지경이었다.

비사문에 암운이 드리우니 청월 전체가 그 영향을 받았다. 치안은 악화되고 물가가 널뛰기를 했다. 힘없는 민초들은 그 피해를 고스란히 보니 단순히 문파 하나가 공격받았다고만 생각할 수 없는 사태가 연이어졌다.

비사문 근방에 있던 중소 규모 문파들은 문을 걸어 잠그고 몸을 바짝 낮추는 데 주력했다. 천하의 비사문조차도 천마회의 공격에 빈사 상태에 빠졌으니 자잘한 문파들이 겁에 질리는 것도 당연했다.

천마회의 목적은 대체 무엇인가.

그들이 노리는 것은 오직 비사문 하나뿐인가, 아니면 그 공격의 칼을 이제 다른 곳으로도 돌릴 것인가.

서문지혜는 불타 버린 장원에 앉아 우울한 얼굴로 비사문의 정문을 바라보았다. 일반 문도들도 많이 죽거나 다쳤기에 정문을 지키는 이들의 수도 예전만 못했다. 그나마도 지치고 힘든 기색이 역력했다.

실감이 나지 않았다. 겨우 며칠 사이에 이 모든 일들이 일어났다는 것이 믿기지 않았다.

서문각은 여전히 힘을 회복하지 못했다. 세상이 두 쪽 나도 건재하실 것 같던 아버지 서문용천도 병상에 몸져누워 일어나지 못했다. 늘 당당하시던 숙부 서문호천도 왼팔을 잃고 시름에 잠겼다.

이게 다 대체 무슨 일이란 말인가. 왜 비사문이, 서문가가 이런 꼴을 당해야 한단 말인가.

'대철 님은 어딜 가신 거지…….'

대철—신조—이 있었다면 서문용천이 쓰러지는 일도, 서문호천이 왼팔을 잃는 일도 없었을 터다. 피해도 지금보다 훨씬 적었을 것이 분명했다.

그런데 어디로 가 버린 것일까?

하오문의 창기 같은 계집 하나 데리고 어디로 가 버렸단 말인가.

설마하니 정말 천마회의 인사이기라도 한 것일까?

'아니야, 그럴 리가 없어.'

너무 심한 억측이었다. 서문지혜는 고개를 가로젓고 자리에서 일어섰다.

머릿속이 복잡했다. 서문지혜 자신이 감히 나설 일은 아니었지만, 앞으로 비사문의 방비를 어떻게 할지부터가 걱정이었다.

'천마회가 다시 쳐들어오면…….'

비사문은 멸문한다. 이제는 자력으로 비사문을 방어하지 못한다.

비사문의 문도 수는 일천에 달했지만, 핵심이 되는 고수들을 너무 많이 잃었다. 일반 문도가 아무리 많아 봐야 천마회의 마인들을 막을 순 없었다. 덧없는 피만 더 많이 흐를 뿐이었다.

'고수가 필요해.'

비사문을 지켜 줄 수 있는 절정고수가 필요했다. 서문용천과 호천의 빈자리를 메울 수 있는 수준의 강자가 절실했다.

·'대철 님'

대철 생각이 간절했다. 그가 필요했다.

'어쩌면 이미 돌아오고 계실지도 몰라.'

천마회의 두 번째 공격이 있은 지 이미 오 일이 넘었다. 소식을 전해 듣고 급히 비사문으로 돌아오고 있을지도 몰랐다.

서문지혜는 문득 고개를 들었다. 시선을 다시 정문 쪽으로 향했다. 남녀 한 쌍이 똑바로 걸어오고 있었다.

남자는 정갈한 하얀 무복을 입었다. 서른 중후반 정도로 보이는 얼굴은 이목구비가 뚜렷했다. 키도 보통 사람보다 적어도 머리 하나는 더 컸다.

누가 보아도 정파의 무인. 실로 잘 벼린 강인한 보검

같은 기도를 내뿜는 사내였다.

그 옆에서 사뿐사뿐 걷고 있는 여인은 멀리서 보아도 한눈에 알 수 있는 미인이었다. 미모 하나만 따진다면 서쪽 땅 제일이라 자부하는 서문지혜였지만, 절로 위축될 수밖에 없었다. 단순히 조형미가 뛰어난 것이 아니었다. 전신에서 자연스럽게 피어나는 색기가 같은 여인인 서문지혜마저 혼미하게 만들 지경이었다.

여인은 검은 무복을 입고 있었다. 경망스럽게도 하얀 어깨와 팔을 고스란히 드러내고 있었는데, 등에는 무척이나 길고 가느다란 태도를 한 자루 메고 있었다.

한데 묶어 길게 늘어트린 검은 머리칼이 가느다란 허리를 지나 엉덩이 근처에서 맴돌았다.

여인에게서는 요사스런 색기 외에는 그 어떤 기운도 느껴지지 않았다. 소리도, 기척도 남기지 않는 걸음걸이를 보면 가공할 고수임에 분명했지만, 정파인지 사파인지 분간할 수 없었다.

'아니, 사파가 분명해.'

저 요망하기 짝이 없는 색기를 설명할 길은 오직 그 것뿐이었다. 서문지혜 자신도 평소 색기를 흘린다 하여 눈총을 샀지만, 저 여인 앞에서는 보름달 앞의 반딧불

이일 뿐이었다.

남자가 정문에서 멈추었다. 정문 경계를 서고 있던 비사문의 문도들에게 강직한 목소리를 토했다.

"백강호요."

부연 설명 하나 없이 그저 이름자만 밝혔음에도 효과는 분명했다. 경계를 서고 있던 문도들 사이로 경악과 경탄이 동시에 번졌다.

"거, 검제(劍帝)!"

검제 백강호. 무림의 열두 지존이라 칭송받는 사황오제삼신 가운데 일인. 정파 최강이라 불리는 천검문에서 길러 낸 시대의 거인!

"그, 그럼……."

비사문도 가운데 하나가 반사적으로 백강호 옆에 서 있던 여인을 돌아보았다. 검제 백강호의 옆에 나란히 선 여인. 검제 백강호를 눈앞에 두고 있음에도 불구하고 그 미색에 취할 수밖에 없는 관능미를 자랑하는 소녀.

등 뒤에 찬 태도를 고려할 것도 없었다. 떠올릴 수 있는 이름은 오직 하나뿐이었으니까.

이제 방년이나 되었을까. 싱싱한 소녀 같기도, 농염

한 미부 같기도 한 여인은 화사하게 웃었다. 스스로의 이름을 밝혔다.

"사정혜다."

살성(殺星) 사정혜.

사파의 후기지수인 오성(五星) 가운데 최강, 흑사문주의 무남독녀.

서문지혜는 숨을 삼켰다.

●

용화는 어두운 동굴에 홀로 앉아 있었다. 비사문을 공격했던 귀졸들의 피해가 컸지만, 천마회의 핵심인 마인들은 비교적 피해가 적었다. 귀졸은 애당초 소모품이니 둘만 놓고 보자면 비교적 성공적인 공격이었다 할 수 있었다.

하지만 적룡이 죽었다.

광룡의 여섯 대주 가운데 하나인 그가 죽은 순간, 모든 것이 헝클어져 버렸다.

광룡은 암룡과 달리 양지에 속한 부대였다. 더욱이 적룡은 차남이긴 하나 과거 제법 세를 떨쳤던 고관의 자식이었다. 이런 비공식 임무 중에 죽을 경우, 그 죽음을 공표하는 일부터가 까다로웠다.

'아니, 그게 중요한 게 아냐……'

용화는 두 손으로 얼굴을 덮었다. 광룡의 핵심 인사 가운데 하나가 생각지도 못했던 곳에서 목숨을 잃었다. 이 일이 앞으로 어떤 파급효과를 불러올지 상상하는 것만으로도 머리가 아팠다.

그리고 적룡을 쓰러트린 자들.

신조의 제자라 추정되는, 아니, 이제는 신조 본인 혹은 아예 신조와는 무관한 가공할 고수라 추정되는 청년과 십삼조의 아랑.

둘 모두 상상도 못한 수를 펼쳤다.

붉은 기운을 전신에 두른 청년은 허공을 격해 도약했을 뿐만 아니라, 적룡의 눈앞에서 일순 사라지기까지 했다. 청년이 적룡의 등 뒤를 점했을 때는 멀리서 지켜보고 있던 용화도 스스로의 눈을 의심할 수밖에 없었다.

아랑 또한 주술에 가까운 힘을 발휘했다. 강기를 흡수하는 무공은 상상조차 해 본 적이 없었다.

그런 두 사람.

용화는 숨을 골랐다. 얼굴을 덮고 있던 두 손을 치웠다.

"너희는 십삼조를 건드렸다. 그 의미를 깨닫게 될 거야."

아랑이 마지막으로 했던 말. 적룡을 해치운 뒤 졸도한 청년을 한 팔에 끌어안고 용화가 숨어 있던 곳을 노려보며 꺼낸 말.

어째서 용조가 실패했는지 알았다. 왜 용왕대주께서 그토록 십삼조를 경계하시는지도 이해할 수 있었다.

십삼조는 위험했다. 단순한 일개 암부라 여길 수 없었다.

용화는 떨리는 손으로 용조가 남긴 사혼부적들을 집어 들었다. 적룡의 죽음과 비사문 습격에 대한 보고를 한 지 벌써 며칠. 광룡으로부터의 회답은 아직이었다.

◑

"일단 청월을 떠난다. 우선적인 합류 목표는 애묘야."

아랑이 툭 던지듯 꺼낸 말에 신조가 미간을 좁혔다.

"뇌호 형이나 맹저가 아니라?"

현재 가장 위험한 것은 뇌호와 맹저, 두 사람이었다. 그렇다면 그 둘과의 합류를 우선시해야 하는 것이 아닐까?

아랑은 이번에도 간단한 답을 내려 주었다.

"애묘가 제일 가까운 곳에 있어, 아마도."

"마지막에 아마도는 뭐야?"

"고년이 방랑벽 있는 거 모르냐?"

신조는 끙, 하고 신음을 삼키며 고개를 끄덕였다. 아랑 말처럼 방랑벽이라고 표현할 것까지는 없었지만, 애묘가 한자리에 잘 머물지 않는다는 것만은 사실이었다. 어디론가 사라졌다가도 정신 차리고 보면 옆에 있는, 실로 고양이 같은 여인이었다.

신조와 아랑 사이의 대화가 잠시나마 끊어지자 그간 눈치만 보고 있던 청조가 조심스럽게 물었다.

"비사문은 괜찮을까요?"

신조보다는 아랑을 향한 물음이었다.

아랑이 씩 웃으며 답했다.

"괜찮아. 검제와 살성이 비사문을 지켜 주러 왔으니."

"검제?! 거기다 살성까지?"

신조가 저도 모르게 목소리를 높였다.

검제 백강호! 무림의 열두 존자인 사황오제삼신의 일인!

더욱이 살성이라면 흑사문주가 고금제일무재라 천명한 사정혜가 아닌가.

"천검문이야 비사문의 오랜 우방이니까. 검제까지 온 건 좀 의외지만 그만큼 비사문에 빚을 단단히 지워 두려는 거겠지. 살성의 경우에는…… 그냥 검제를 따라왔다고 보는 게 나을 거다. 흑사문의 의도가 딱히 개입되어 있을 것 같지는 않아."

혈랑마존의 혈겁은 참으로 많은 것을 바꿔 놓았다. 정사 간의 극한 대립이나 살상 행위가 옛날이야기가 된 지도 벌써 백 년 가까운 시간이 지났다. 사정혜는 거리낌 없이 정파 구역을 돌아다녔고, 천검문 제일 기재로 손꼽히는 검제와도 꽤 오랫동안 연을 잇고 있었다.

청조가 눈을 동그랗게 떴다.

"살성이면 그…… 사정혜 님 말씀이시죠?"

"그래, 무서운 계집이지."

아랑이 무겁게 고개를 끄덕였다. 세상이 흑사문주의

'천하제일무재' 발언을 팔불출의 헛소리로 취급하지 않는 이유는 사정혜의 재능이 진짜였기 때문이다. 이제 겨우 방년인 어린 여아였지만 그 무위는 일문의 장로급 이상이었다.

몇 년 안에 최연소 사황오제삼신이 탄생할 거라 모두가 입을 모을 정도니, 그 재능이 놀랍다 못해 무서울 지경이었다.

"아무튼 서둘러야겠군. 벌써 오 일이나 지났으니……적룡이 죽었다는 소식이 전해지고도 남았을 거다."

암룡에 오래 근무했던 신조는 사혼부적의 존재를 알았다. 사혼을 부리는 이 부적을 통하면 중원 끝에서 끝이라도 한나절 만에 연락을 주고받을 수 있었다.

"그래. 네 말이 맞다, 신조. 그런데 그보다 청조야."

아랑이 돌연 청조를 돌아보자 청조가 얼른 답했다.

"네, 어르신."

"너 월광단 먹었다며?"

아랑이 쏘듯이 물었다.

순간, 신조의 얼굴은 굳었고, 청조의 얼굴엔 난처함이 가득했다.

"네."

그간 신조가 어찌나 놀려 먹었는지 어깨까지 팍 움츠러들었다. 하지만 아랑은 아랑곳 않고 계속 물었다.

"어떻게 갚을래?"

청조의 작은 어깨가 더더욱 움츠러들었다.

아랑은 킥킥, 소리 죽여 웃으며 신조에게 눈짓을 보냈고, 그 눈짓이 무엇을 의미하는지 아는 신조는 손으로 얼굴을 덮었다. 자리에서 일어섰다.

"일단 나가지."

"가긴 어딜 나가냐? 유성이 놈 기다려야 한다."

툭 던진 말로 신조를 붙잡아 세운 아랑은 말을 끝마치자마자 눈살을 찌푸렸다.

"이놈도 양반은 못 되는군."

청조는 무슨 소리냐는 듯 눈을 깜박였지만, 신조는 알 수 있었다. 다시 자리에 앉아 입구 쪽을 바라보았다.

오래지 않아 유성이 들어섰다.

"시킨 일은 다 했냐?"

인사를 나누고 자시고 할 여유도 없이 아랑이 대뜸 묻자 유성은 선선히 고개를 끄덕였다.

"예, 스승님."

유성은 자연스럽게 아랑의 곁에 앉았다. 신조에게 목
례로 인사한 뒤 빠르게 말을 이었다.

"감우로 갈 배편과 마차를 준비해 뒀습니다. 유가장
의 상단에 자연스럽게 합류하시면 됩니다."

감우면 청월에서 그리 멀지 않은 도시였다. 백룡강과
는 거리가 먼지라 육로를 통한 상업이 발달해 있었다.

"노인에 젊은 남녀니 셋만 붙어 다니면 너무 눈에 띄
기 쉬운 조합이야. 이럴 때는 군중 속에 숨어야 하는
법이지."

아랑의 말은 정론이었다.

하지만 신조가 고개를 기울였다.

"오히려 흔적을 남기지 않을까?"

아랑이 이야기한 수법은 정론인 만큼 자주 쓰였다.
더욱이 상단에 젊은 남녀와 노인 하나가 갑자기 추가된
다면 내부 인원들 사이에서도 이질감을 느낄 공산이 컸
다. 유가장 소속의 상단이라 하나 쟁자수 하나하나까지
모두 유성의 통제 하에 있다 보긴 어려우니 오히려 화
를 키울 수도 있었다.

하지만 아랑은 대답 대신 자신만만한 미소를 그려 보
였다.

두 마리 말이 끄는 호화로운 마차 안에는 세 사람이 있었다. 신조와 청조, 아랑이었다.

청월에 사건이 연이어지니 돈 있고 힘 있는 자들이 하나둘 청월을 빠져나가기 시작했다. 다를 돈깨나 있으니 으리으리한 마차를 타고 떠나기 마련이었고, 대다수가 당연하다는 듯이 표국이나 상단의 호위를 받았다.

아랑은 아예 마차 하나를 준비해 두었다. 창문까지 꽁꽁 봉하고 있으니 밖에서야 안에 타고 있는 것이 누구인지 알 도리가 없었다. 그리고 설사 안다 할지라도 노인과 새파랗게 젊은 남녀 한 쌍이라면 화를 피해 청월을 떠나는 부호의 친지들이라 해도 이상할 것이 하나 없는 구성이었다.

"뭐, 편하고 좋지 않냐."

화려한 비단옷을 갖춰 입은 아랑이 껄껄 웃으며 말했다. 귀티가 잘잘 흐르는 것이, 누가 보아도 황금깨나 만지는 부호의 모습이었다.

'젊은 부부'로 꾸미기 위해 신조와 청조도 화사하게 차려입기는 마찬가지였다. 신조는 은색에 가까운 비단옷을 걸쳤고, 청조는 연분홍빛 고운 옷을 입었다.

"돈 많이 벌어 놨나 보우."

"그럼. 내가 현역 때도 누누이 말했잖냐. 나중 생각
해서라도 돈 모아 두라고. 돈 없으면 아무것도 못해."

한껏 거드름을 피우는 꼴이 얄미웠지만, 이러는 게
또 아랑답기도 했다. 신조는 새삼 다시 마차 안을 돌아
보았다. 신조 자신도 은퇴하며 적잖은 금전을 받았고
모아 둔 돈도 꽤 되었지만, 아랑이 축적한 부와는 비교
조차 되지 못할 것이 분명했다.

아랑은 새삼 음흉한 미소를 그리며 신조의 어깨에 머
리를 기대고 잠든 청조를 향해 턱짓했다.

"그나저나 쿨쿨 잘도 자네. 누가 홀랑 잡아가도 모르
겠다. 너, 요 계집애한테 꽤나 신뢰받는 모양이다?"

"쓸데없는 소리."

청월의 안전 가옥에서 바로 출발하지 않고 유성의
집에 들러 한 시진 정도 시간을 보냈다. 그사이에 번갯
불에 콩 볶아 먹듯이 몸을 씻고 그간의 허기를 채운 청
조였다. 자연히 마차 안에서 곯아떨어질 수밖에 없었
다.

하지만 아랑의 말도 아주 일리가 없는 것은 아니었
다. 청조와 함께한 기간 동안 이래저래 살을 맞댈 일이

많던 신조였다. 한 침상에서 잠든 일도 몇 번이나 있지 않았던가. 지금도 청조가 스스럼없이 신조에게 머리를 기대고 잠들어 있으니 아랑의 입에서 이런저런 소리가 나올 만도 했다.

"그래도 마음이 아주 없지는 않은 모양인데?"

아랑이 다시 한 번 은근한 목소리로 물었다.

신조는 더 대꾸하기 피곤하다는 듯 화제를 돌려 버렸다.

"애묘 누나가 감우에 있는 건가?"

"아까도 말했지만, 아마도. 확신은 못해."

아랑은 더 물고 늘어지는 대신 깔끔하게 화제 전환에 따라 주었다.

신조가 다시 물었다.

"계획이 뭐지?"

"일단은 간단해."

예순이 훌쩍 넘었지만 여전히 명랑하고 경쾌한 아랑의 말투였다.

아랑은 의자에 몸을 깊숙이 묻었다. 얼굴에 웃음기를 지웠다.

"신조, 광릉이 왜 우리를 노릴까?"

"우리가 저들 계획에 방해가 된다 생각하는 거겠지."

"그래. 그렇다면 대체 무슨 짓을 하기에 은퇴까지 한 우리가 방해가 된다 생각한 걸까?"

십삼조는 은퇴한 지 오래였고, 모두가 조용히 살아가고 있었다. 그런데 놈들은 굳이 그런 십삼조를 건드렸다. 무엇 때문일까?

"지금 놈들이 하는 짓거리를 보면 일차적인 목표는 무림일 게다. 이유는 아직 알 수 없지만, 비사문을 시작으로 무림에 겁화를 일으키려 하고 있어. 그러는 이유가 대체 무엇일까?"

무림에 겁화를 일으킴으로써 광룡이 얻게 되는 이득이 무엇인가. 이를 통해 황실이 득을 볼 일이 대체 무어란 말인가.

"나도 아직은 모르겠다. 다만 놈들이 하려는 짓이 단지 무림에 겁화를 일으키는 것 만이라면 굳이 우리를 죽이려 할 필요가 없겠지."

무림을 치는 일이라면 십삼조는 방해가 되지 않는다. 구태여 십삼조를 건드릴 이유가 없다.

"설마…… '패(牌)'인가?"

신조가 소리 죽여 말했다.

아랑은 인상을 찡그리며 고개를 가로저었다.

"아는 놈이 있을지도 의문이거니와, 그게 목적이면 이제야 일을 벌이는 걸 이해할 수 없어. 어쩌면 그저 암룡을 지워 버리려는 걸지도 모르지. 아니면 뭔가 더 큰 그림을 그리고 있거나."

놈들의 목적 가운데 암룡이 들어 있다면, 그래서 암룡 출신인 십삼조가 그것을 방해할 거라 여겨 먼저 선수를 친 것이라면.

다소 무리한 가정이란 느낌이긴 했지만, 그나마 말을 만들어 낼 수 있었다.

"아무튼 놈들이 우리를 건드렸다. 당하고만 있을 수는 없잖아?"

아랑은 사납게 웃었다. 늑대의 미소였다.

스승님에게 정보를 다루는 법과 무공을 파훼하는 법을 배운 아랑.

아랑은 십삼조 중에서 가장 큰 욕망의 소유자였다. 암부 생활을 하면서도 인간 본연의 쾌락을 추구하는 것을 언제나 잊지 않던 아랑이었다.

아랑은 욕심이 많았다. 욕심이 많은 만큼 자신의 것을 아꼈다.

십삼조의 일곱. 아랑의 형제와 누이들.

'무리'를 건드린 대가를 반드시 치르게 하리라.

"앞으로 더 집요해지겠군."

신조가 말했다.

아랑이 고개를 끄덕였다.

"그래. 네가 적룡을 죽였으니까. 광룡의 여섯 대주 가운데 하나를 쓰러트렸으니 우리의 위험성을 다시 한 번 드높인 셈이지."

광룡의 여섯 대주는 황실의 힘을 상징했다. 하나하나가 무림의 열두 지존이라 일컬어지는 사황오제삼신과 비교할 수 있는 걸물들이었다.

그런 여섯 대주 가운데 하나를 십삼조의 신조가 꺾었다.

십삼조는 일개 암부가 아니다. 일개 암부로 취급할 수 없다.

신조는 숨을 길게 내쉬었다. 반로환동과 환골탈태를 통해 얻은 힘이 아니었다면, 마침내 사용할 수 있게 된 '절기 불사신조'가 아니었다면 결코 적룡을 꺾지 못했으리라. 아랑이 때맞춰 나타나 주지 않았다면 신조 자신이 패했을지도 모를 일이었다.

"청월을 떠나서 어딜 갔던 거야?"

신조가 가볍게 물었다.

아랑 또한 얼굴에 다시 미소를 띠며 답했다.

"그냥 돌아다녔다. 형이나 동생들도 만나러 다니고……."

문득 시선을 멀리하던 아랑은 다시 눈동자를 또르르 굴려 세상모르고 잠든 청조의 봉긋 솟은 가슴팍을 보았다.

"너 주려고 월광단도 구하고 말이다."

신조는 눈을 가늘게 뜨며 손사래를 쳤고, 아랑은 청조의 가슴에서 신조의 얼굴로 시선을 옮겼다.

"모두…… 건강하지?"

십삼조의 모두들. 마지막으로 본 지 벌써 몇 년이나 지난 형제와 누이들.

"내가 마지막으로 만났을 때는 그랬어."

아랑은 거기서 말을 끊었다.

신조와 아랑, 두 사람은 약속이라도 한 듯 아련한 추억 속에 빠져들었다.

적룡이 죽었다.

광룡 대주들이 받은 충격은 이루 말할 수 없을 수준이었다.

광룡 대주가 전투 도중 죽은 일이 대체 몇 년 만의 일이었던가.

광룡의 여섯 대주는 특별했다. 하나같이 뛰어난 무재들이었고, 황실이 그 막대한 금력과 조직력으로 마련한 각종 영약들을 수십 년 동안 정기적으로 복용한 절정고수들이었다.

그런데 그런 광룡의 대주인 적룡이 죽었다.

뇌호나 맹저를 사냥할 때도 일어나지 않은 일이었다.

신조의 제자, 아니, 이제는 신조라고밖에 생각할 수 없는 자와 아랑.

두 사람이 대주를 죽였다. 아랑은 십삼조를 건드린 대가를 치르게 해 주겠다며 경고까지 한 상황이었다.

대주들의 반응은 제각기 달랐다.

황룡은 아랑의 방자한 경고에 노여움을 보였다. 백룡은 신조와 아랑이 협공이었다 하나 적룡을 죽였다는 사실에 의구심을 가졌다. 흑룡은 침묵했고, 청룡은 동요를 감추지 못했다. 녹룡은 적룡의 죽음 그 자체에 안타

까움을 표했다.

일반적으로는 있을 수 없는 일이었다. 신조는 최근까지 암룡에 몸을 담고 있었다. 그 무공 수위는 높게 쳐 줘도 일문의 장로 수준에 불과했다. 반면, 적룡은 강했다. 군학을 기초로 한 황실의 천군창법을 익힌 적룡을 정면에서 당해 낼 수 있는 자는 저 드넓은 무림에서도 드물었다. 정파구주나 사파칠주의 문주 급 이상이 아닌 한은 결코 적룡의 상대가 될 수 없었다.

신조와 협공했다는 아랑은 십삼조 가운데서도 무공이 약했다. 제대로 싸운다면 광룡 대주들의 공격을 삼합도 제대로 받아 내지 못할 것이 분명했다.

그런데 신조와 아랑이 적룡을 이겼다. 더욱이 용화의 보고대로라면 아랑은 도중 단 한차례 끼어들었을 뿐이다. 신조 혼자서 적룡을 쓰러트린 것이나 다름없었다.

"외모가 젊어졌다는 것은 무슨 뜻이지? 인피면구라도 뒤집어썼다는 건가?"

황룡이 의문을 표했다.

녹룡이 눈을 가늘게 떴다.

"어쩌면 반로…… 환동일지도 모르지."

하지만 스스로 입에 담고도 곧 고개를 가로저을 수밖

에 없는 이야기였다.

"아니면 아예 다른 자든가. 암룡에 머물던 당시의 신조의 무력이 아니야. 신조는 결코 적룡의 상대가 될 수 없어."

말을 보탠 것은 백룡이었다. 광룡의 여섯 대주들 가운데서 십삼조에 대해 가장 잘 알고 있다 자부하는 백룡이었다. 그가 아는 신조에게는 이 정도의 무력이 없었다.

갑자기 나타난 그 젊은이는 대체 누구인가.

진정 신조인 것인가?

신조가 반로환동과 환골탈태의 영향력으로 그리 강해진 것인가?

아니면 전혀 다른 누군가인가?

의문이 꼬리에 꼬리를 물었다. 대주들 사이로 침묵이 감돌았다.

청룡이 입술을 열었다.

"맹저는……."

작은 목소리였지만 조용한 가운데 퍼졌기에 모두의 이목을 단번에 끌었다. 청룡은 눈을 감으며 말을 이었다.

"맹저는 십삼조 가운데 가장 강한 건 신조라 말한 적이 있다. 애묘의 평이었다더군."

"왜지?"

십삼조에서 가장 강한 것은 창룡이었다. 두 번째로 강한 것 역시 신조가 아니라 뇌호였다. 신조의 무력은 십삼조 내에서 세 번째 혹은 네 번째에 불과했다. 그런데 가장 강한 자로 언급한 이유는 무엇인가.

"생사결의 싸움. 어떻게든 적을 죽이는 것에 있어서는 신조가 십삼조 가운데 제일이라 들었다."

적을 죽이는 것.

이기는 것이 아니라 어떻게든 죽이는 것.

암부나 살수에게 있어 가장 필요한 그 능력.

청룡은 더 이상 말하지 않았다.

백룡 또한 입을 무겁게 하고 혼자만의 세계로 빠져들었다.

"일단 그 대철이란 놈이 신조가 맞는지부터 확인해야 할 것 같군."

녹룡이 말했다.

흑룡을 돌아보았다.

"흑룡, 네 생각은 어떻지?"

"칠 할 정도로 보고 있다."

보수적인 흑룡이 칠 할의 가능성을 언급하고 있었다. 일단은 대철과 신조를 동일선상에 놓아도 무리가 없으리라.

"북방 원정에도 차질이 생기겠군……."

적룡이 지휘하는 적창대는 광룡의 여섯 대 가운데서도 가장 군부의 성격이 강한 곳이었다. 광룡의 선봉에 서야 할 적창대의 수장이 원정 직전에 목숨을 잃었으니 죽음을 공표하든 은폐하든 일이 복잡해질 터였다.

황룡이 자리에서 일어섰다.

"내가 가서 놈을 확인하겠다."

탁상공론을 이어 봐야 의미가 없었다. 놈이 신조든 아니든 죽이면 그만이었다. 광룡의 대주를 건드린 대가를 치르게 하리라.

대주들 사이에서는 이렇다 할 이견이 없었다. 하지만 용왕대주는 아니었다. 지금까지 대주들의 대화를 지켜만 보던 그가 손을 들어 황룡을 제지했다.

"아니, 네가 나서는 건 다음이다."

"하나……."

"놈들을 치는 데 암룡을 쓴다. 겸사겸사 나쁘지 않을

게야. 우리는 결정적인 순간에만 개입하면 된다."

용왕대주는 말했고, 황룡은 반박을 포기하였다. 용왕대주는 엷은 미소를 그렸다.

"흑룡은 천마회의 일을 계속 진행해라. 십삼조와 암룡이 양패구상하면 그보다 좋은 일은 없겠지."

놈들이 암룡의 암부를 죽였다.

이리 훌륭한 명분이 있으니 줄을 조금만 당겨도 암룡과 놈들을 충돌시킬 수 있으리라.

천마회의 일은 계속 진행한다. 비사문에서 예상보다 큰 피해를 보았지만, 애당초 그런 피해조차 예상하고 구성한 천마회였다. 자그마치 이십 년 이상 공을 들이지 않았던가.

용왕대주는 마지막으로 녹룡에게 시선을 보냈다.

"적룡의 사후 처리는 녹룡과 황룡에게 일임하겠다. 암룡과 신조의 충동을 지켜보다가 일을 처리해라. 아랑과 신조, 십삼조 가운데 둘이다. 놓치지 않을 거라 믿겠다."

녹룡과 황룡은 뜻을 받들었고, 더 이상 논할 것은 없었다.

용왕대주는 회의를 파하였다.

"완전 박살이 났네."

무너지고 부서진 비사문의 장원 곳곳을 돌아보며 사정혜가 그리 말했다. 하지만 목소리는 밝았고 얼굴도 생글생글 웃고 있었다. 검제를 따라 비사문을 지키러 온 입장이건만, 완전히 남의 일로 여기는 모양이었다.

하지만 검제는 달랐다. 얼굴은 무표정했지만 두 눈에는 시름이 어렸다.

"생각보다 비사문의 피해가 크구나."

장원은 무너지고 고수들이 많이 상했다. 일반 문도들과 무공을 전혀 모르는 사용인들 또한 적지 않은 수가 죽거나 다쳤다.

사정혜는 어깨를 으쓱였다.

"그러게. 직계 젊은이들 가운데서 멀쩡한 건 그 서문지혜인가 뭔가 하는 계집밖에 없더만."

사정혜와 검제의 연배 차이는 이십 년이 넘었다. 흑사문주가 이제 쉰이니 아버지뻘이라 해도 과언이 아니었다. 하지만 그럼에도 불구하고 사정혜는 동년배 친구

대하듯 말을 높이지 않았다. 검제에게 은근한 시선을 던지더니 농을 건네듯 말했다.

"그나저나 서문지혜 그 계집, 서문일미니 뭐니 하면서 예쁘다, 예쁘다 하더니 별것도 아니더라?"

말꼬리가 미묘하게 올라갔다.

검제가 미간을 좁혔다.

"무슨 대답을 듣고 싶은 거냐?"

"음, 글쎄?"

고개를 갸웃 기울이며 오히려 되물었다. 무슨 대답을 원하는지 빤히 보이는 그 태도에 검제는 결국 너털웃음을 짓고 말았다. 커다란 손으로 사정혜의 머리를 쓰다듬었다.

"그래, 네가 더 예쁘다."

"헤헤헤."

정말로 기분 좋다는 듯 사정혜는 홍조까지 살짝 보이며 웃었다. 고금제일의 무재니, 천하제일살문 흑사문의 살성이니 말이 많았지만, 검제 앞에서는 장난기 많고 활발한 소녀일 뿐이었다.

검제와 사정혜는 나란히 걸으며 장원을 살폈다. 그런데 내원을 벗어나 외원의 외곽부에 도달했을 때였다.

"무슨 일이야?"

검제가 돌연 심각한 얼굴로 주변을 둘러보자 사정혜가 눈을 깜박이며 물었다. 내원이나 외원이나 박살 난 것은 똑같았는데 말이다.

하지만 검제에게는 다른 무언가가 보이는 모양이었다. 대답하는 대신 계속 주변을 둘러보았고, 사정혜는 대답을 기다리는 대신 두 눈을 감았다. 기감을 퍼트려 주변을 감지해 보았다.

"……느껴지나?"

검제가 물었다. 사정혜는 미간을 살짝 찌푸리며 미묘한 목소리를 흘렸다.

"어렴풋이. 하지만 잘 모르겠어."

"네가 기에 오행을 담을 날도 멀지 않았구나."

어렴풋이나마 느낀 것도 대단한 것이었다. 삼룡사봉과 오성을 통틀어 대강이나마 이 '흔적'을 알아볼 수 있는 것은 사정혜뿐이리라.

검제가 설명했다.

"기에 오행의 힘을 담을 정도의 무인은 드물다. 매우 적지. 그런 무인들이 힘을 발해 서로 충돌하면 세상에 상처가 남기 마련이다."

사정혜는 아직 기에 오행의 힘을 담지 못했다.

"대기나 지상…… 그런 곳에 남는 물리적인 상처가 아니야. 이것은 경지에 이르지 못한 자는 알 수 없는 것이지."

검제는 다시 한 번 주변을 둘러보았다. 눈에 보이지 않는, 세상 그 자체를 감지했다.

"그 흔적이 느껴진다. 오행의 힘을 다룰 수 있는 무인 둘이 이 자리에서 격돌했다."

내원이 아닌 외원.

사정혜의 눈이 가늘어졌다.

검제 또한 눈빛이 진중해졌다.

"비사문주도, 천마회의 마인들도 이곳에서는 싸우지 않았다."

"진짜 중요한 싸움은 아무도 모르는 이곳에서 벌어졌단 소리네."

어쩌면 비사문의 운명을 건 싸움은 내원이 아닌 이곳에서 일어난 것일지도 몰랐다.

그렇다면 누구인가.

대체 누가 이곳에서 싸웠단 말인가.

"서문지혜를 만나 보아야겠군."

비사문에 잠시 모습을 보였다 사라진 신진 고수 대철.

그는 분명 오행 가운데 화의 힘을 다루었다고 했다.

검제가 앞장섰다.

☯

감우까지 가는 데는 이틀이면 충분했다. 워낙 상로가 잘 발달한 청월 부근이었기에 가능한 일이었다.

청월보다는 작지만 감우도 제법 발달한 도시였다. 상단의 다른 마차들과 섞여 감우에 들어가자마자 신조와 아랑은 귀신처럼 몸을 숨겼다.

"여기도 오랜만이네."

십삼조 전용인 안전 가옥에 짐을 풀자마자 신조가 그리 말했다. 신조가 마지막으로 이용했던 것이 쉰을 막 넘었을 무렵이니, 거의 십 년 만의 방문이었다. 그사이에 딱히 관리하지 않았는지 곳곳에 먼지가 수북했다.

"거지들 소굴 되지 않은 게 다행이지."

"애당초 그러면 안가도 아니잖아."

신조와 아랑은 뭐가 그리 재미있는지 저들끼리 웃

었다.

조금 더럽고 비좁긴 했지만 청월에 있던 것과는 다르게 제법 집 느낌이 나는 안전 가옥이었다. 가구들도 제법 비치되어 있는 것이, 청소만 제대로 하면 당장 살림을 차려도 될 것 같았다.

청조는 집안을 빙글 돌아본 뒤 누구에게랄 것 없이 물었다.

"도시나 마을마다 이런 집이 하나씩 있으신 거예요?"

신조는 영주에도, 청월에도 안전 가옥을 가지고 있었다. 요 몇 년 신조의 본거지가 되었던 영주에 위치한 안전 가옥을 제외하고는 모두 십삼조가 공동으로 마련한 것이었지만, 청조가 그런 것을 구분할 수 있을 리 만무했다.

질문하는 청조의 눈빛이 왠지 모르게 반짝반짝했던 지라 신조는 어색하게 웃으며 답했다.

"주요 도시랑 자주 가는 곳이라면 그렇긴 하지만……."

'제' 전역을 누빈 십삼조이긴 했지만 그래도 자주 가는 곳과 그렇지 않은 곳이 있었다. 전국 모든 도시와 마을마다 안전 가옥을 세울 정도의 금력이라면 그냥 도시 하나를 하나 세워도 되리라.

"흐흥, 서쪽 땅 한정이긴 하지만 난 여간하면 다 한 채씩 있단다."

아랑이 방정맞게 콧노래를 부르며 그리 말했다. 워낙 잘생긴 얼굴인지라 위화감이 적긴 했지만, 그래도 근엄하게 차려입은 백발노인이다 보니 행동과 말투가 어긋나는 부분이 없잖아 있었다.

하지만 청조는 그런 것은 신경 쓰지 않는다는 듯이 그저 입을 벌리며 감탄했다.

"우와…… 부자셨네요."

"그래, 안전 가옥도 부동산은 부동산이지."

키킥 웃은 아랑은 멀뚱히 선 신조를 턱짓으로 가리켰다.

"신조 놈도 나만은 못하지만 한밑천 단단히 틀어쥐고 있을 거다."

"와, 정말요?"

"정말이고말고. 어떠냐? 얼굴도 저 정도면 잘생겼고, 무공도 뛰어나고, 돈도 많고, 일등 신랑감 아니냐?"

가만히 듣고 있자니 갈수록 가관이었다.

하지만 청조는 거기서 한술 더 떴다. 빙글 돌아서서

신조의 팔에 매달리더니 까르르 웃으며 물었다.

"그러게요. 저도 확 입후보할까요?"

의도한 것인지, 아니면 그저 자연스럽게 그리된 것인지 청조의 보드라운 젖가슴이 신조의 팔을 압박했다. 아랑의 은근한 시선에 인상을 굳힌 신조는 청조의 품에서 팔을 빼내며 화제를 돌렸다.

"흰소리들 치우고, 어찌 되었든 최대한 서둘러야 해. 암룡도 움직일 테니까."

암룡의 암부를 죽였다. 이제 적은 광룡만이 아닌 셈이었다.

하지만 아랑은 진정하라는 듯 손사래를 치며 말했다.

"여유롭다고는 못해도 시간은 일단 우리 편이다. 너도 알잖냐, 이 '제' 라는 나라가 얼마나 넓은 지 말이다."

제는 넓어도 너무 넓었다. 애당초 제를 건국한 황제 영이 '무림을 허용' 한 이유부터가 중앙의 손이 닿지 않는 지방 세력을 견제하기 위해서가 아니었던가.

서쪽 땅과 중앙 사이에는 말을 달린다 해도 며칠은 족히 걸릴 어마어마한 거리가 있었다. 소식을 전하는 것도, 지시를 받는 것도 생각처럼 빠르게 이뤄질 수 없었다.

신조는 반박하는 대신 고개만 한 번 끄덕였다. 사령을 통해 물리적인 거리를 거의 무시 하다시피 하는 사혼부의 존재나 각 지방에 자리한 지부 등을 모르는 신조가 아니었지만, 사혼부는 만들 수 있는 이가 이 세상에서 손에 꼽을 정도인 물건이었고, 암룡은 이 정도 큰 사건을 지부를 통해 해결하지 않았다.

신조는 다른 것을 물었다.

"애묘하고 접촉할 수단은?"

"싸돌아다닐 수 없으니 좀 어렵긴 하다만…… 그래도 아주 불가능한 건 아니다. 내 예상이긴 하지만 아마 애묘도 우릴 찾고 있을 거다."

신조는 침음을 삼켰다. 광룡과 암룡, 양측의 주시를 받는 마당이니 운신이 어렵기도 한데다 섣불리 애묘에게 전하는 신호를 남길 수도 없었다. 아랑의 말마따나 애묘도 우릴 찾고 있을 거란 말에 기대를 거는 수밖에 없었다.

아랑이 계속 말했다.

"더욱이 청월에서 저리 큰 사건이 터졌으니까. 애묘도 내가 청월에 터를 잡고 있었다는 건 알고 있어. 어쩌면 생각보다 쉽게 접촉할 수 있을지도 몰라."

"그런가……."

애묘는 아랑의 말처럼 정말 감우에 있는 것일까?

아니면 평소 버릇처럼 어디 먼 곳을 여행하고 있는 것은 아닐까?

마지막으로 봤을 때도 애묘의 외모는 젊었다. 하지만 예순이 훌쩍 넘은 지금도 그러할까?

생각하니 가슴이 뭉클해졌다. 애묘의 얼굴이 절로 떠올랐고, 귓가에 그 장난기 가득한 목소리가 들리는 것 같았다.

요호나 맹저를 생각하는 것과는 또 다른 느낌.

애당초 신조에게 있어 그 둘과는 다른 존재였던 '여인'.

신조는 애묘 생각에 빠져 주변을 인지하지 못했다. 그리고 그랬기에 자신을 빤히 올려다보는 청조의 시선 또한 눈치채지 못했다.

청조의 표정이 미묘하게 변했다.

시간이 흘렀다. 해는 지고 달이 떠올랐다. 어둠이 온 세상을 뒤덮어 고요했다.

"자냐?"

"자네."

어둡기는 집 안도 마찬가지였다. 창문 하나 없는 작은 방을 밝히는 것은 광량이 작은 양초 하나뿐이었다.

청조는 방구석에 잠들어 있었다. 내색을 안 해서 그렇지, 몸보다는 정신이 지친 듯 자는 표정이 안쓰러웠다.

그런 청조의 머리맡에 앉아 벽에 등을 기대고 있던 신조는 가만히 손을 뻗어 청조의 머리칼을 쓰다듬었다. 반대편 벽에 등을 기댄 아랑이 말했다.

"뭐…… 지난번에도 비슷한 이야기를 했고, 뻔하기도 한 소리지만, 상황이 좋지 않아."

"그러게 선전포고는 왜 한 거야?"

"어차피 걸렸잖아. 그건 상관없어. 중요한 건 네가 적룡만이 아니라 암룡의 암부 역시 죽였다는 거지."

광룡과 암룡이 얼마나 연계를 하고 있었을지는 의문이었다. 어쩌면 괴휼 하나만 광룡의 밑에서 일하고 있던 것일지도 몰랐다.

하지만 모두 무의미했다. 적룡과 괴휼을 죽인 이상 광룡과 암룡, 양측 모두와 척을 졌다고 해도 과언이 아니었다.

"수배는 하지 않는 건가?"

아주 이해가 안 되는 것도 아니었다. 무작정 수배령
을 내린다고 해서 능사가 아니었으니 말이다.

아랑이 덧붙였다.

"북방 원정이 코앞이기도 하고…… 여기서부터는 내
가설이다. 알아서 가려들어."

아랑은 주머니에서 말린 대추 몇 알을 꺼냈다. 바닥
에 하나씩 늘어놓았다.

"암룡의 내분에는 광룡이 연관되어 있다. 그리고 광
룡은 암룡을…… 정확히 말해 자신들과 연이 닿지 않은
암룡을 제거하려 한다."

마른 대추 셋이 바닥에 놓였다. 둘은 붙어 있고, 하
나는 따로 떨어져 있었다.

신조가 대추를 보았다.

"근거는?"

"다 설명하면 길어."

신조의 눈썹이 꿈틀거렸지만, 아랑은 구태여 설명하
지 않았다. 신조는 피식 웃었다. 새삼 기억이 났다. 아
랑은 본래 늘 이런 식으로 일을 처리했다. 설명이 필요

한 일이라면 자잘한 것까지 모두 설명했지만, 그렇지 않다고 판단되면 그저 결과만을 말했다.

아랑이 바닥에 드러누웠다. 여전히 정정했고 잘생겼지만, 새삼 얼굴의 주름이 눈에 밟혔다.

"네가 죽인 괴휼이란 놈은 암화 쪽 사람이다. 암화가 광룡과 손을 잡고 있을지도 몰라."

암화는 암왕의 눈과 귀 역할을 수행하는 최측근이었다. 만약 정말로 암화가 광룡과 손을 잡고 있다면 늙은 암왕이 암룡의 일을 제대로 모르는 것도 무리가 아니었다.

"광룡은…… 대체 뭘 꾸미는 거지?"

이미 지난번에 한 번 오간 대화였다.

무림을 왜 공격하는 것일까?

어째서 암룡을 들쑤시고 십삼조를 노리는 것일까?

황제는 어렸고, 정국을 좌지우지하는 것은 승상이었다. 이미 신권이 황권을 뛰어넘은 지 오래였다. 백관들의 자제로 구성된 광룡은 태생부터가 신권과 유착되어 있었다. 이왕 세를 잡은 김에 확고히 하겠다는 심보인 것인가?

신조는 다시 시선을 내렸다. 곤히 잠든 청조가 보였

다. 신조는 저도 모르게 미소를 지었지만, 오래 유지하지는 않았다. 청조의 머리칼을 쓰다듬던 손을 거두며 허공에 물었다.

"계속…… 데리고 다녀야 할까?"

"우습게도 그게 제일 안전할걸?"

이렇게나 끼고 다녔으니 인질로서 가치가 충분하다고 사방에 소리친 것이나 다름없었다. 신조의 품을 떠난 순간, 청조는 놈들 손에 떨어진다. 그리고 그 이후는 상상하는 것만으로도 끔찍한 일들의 연속이리라.

"강한 아이야."

청조는 웃으려고 노력했다. 속으론 무섭고 겁이 나면서도 애써 웃으며 평소처럼 애교까지 부렸다.

아랑이 바로 끼어들었다.

"머리도 좋고, 예쁘고, 몸매도 좋지."

"그만 좀 해."

사실이긴 했지만 말하는 의도가 마음에 들지 않았다. 아랑이 인상을 찡그렸다.

"왜 그리 튕기냐? 저것도 너한테 어느 정도 마음이 있는 것 같은데."

신조는 대꾸하는 대신 자리에서 일어섰다. 유일한 조

명인 촛불을 꺼 버린 뒤 어둠 속에서 말했다.

"슬슬 움직이자. 틀어박혀 있을 수만은 없잖아."

"애새끼, 말 돌리기는."

아랑은 투덜거렸지만 길게 끌진 않았다. 몸을 일으켰고, 두 사람은 방을 나섰다.

●

사람을 찾기란 쉽지 않다.

때문에 사람을 찾을 때는 몇 가지 수단을 동원해야만 한다. 우선 가장 중요한 것은 수색 범위를 좁히는 일이다. 수색 범위가 좁아지면 좁아질수록 사람을 찾을 가능성은 월등히 높아진다.

사람은 유령이 아니다. 누군가에게 보일 수밖에 없다. 그리고 그런 작은 접촉은 지울 수 없는 흔적이 된다. 누군가 대화를 하거나 물건을 산다면 이는 추적하는 이들에게 결정적인 단서가 된다.

범위를 좁히고 흔적을 쫓는다.

"높은 확률로 감우다."

암룡 암부 하나가 말했다. 경력이 긴 자였다. 서쪽

땅에서 일하는 이들 가운데 그와 함께 일을 해 보지 않은 자는 없었다.

이름은 궁기. 추적술과 은신술이 뛰어난 이였다.

청월에서 출발한 마차는 세 방향으로 흩어졌다. 지금도 청월을 떠나는 마차들이 있었다. 하지만 암룡이 주목한 것은 감우로 향한 마차들이었다. 궁기를 둘러싼 암부들은 추론의 과정을 묻지 않았다. 그저 신뢰했다.

한자리에 모인 여섯 암부 가운데 애송이는 없었다. 하나하나가 숱한 임무를 완수해 온 숙련자들이었다. 하지만 개중 하나가 불안한 목소리를 흘렸다.

"할 수…… 있을까?"

약하기 짝이 없는 말이었다. 신병이라 해도 이런 말을 하면 질책을 받기 마련이었다. 하지만 나머지 다섯은 그 하나를 탓하지 않았다. 저들도 속으로는 비슷한 생각을 조금씩이나마 품고 있었기 때문이다.

상대는 십삼조.

암룡의 전설.

암룡 암부들은 십삼조를 보고 들으며 자랐다. 그들이 세운 놀라운 전과를 두 눈으로 지켜보거나 기록으로 배웠다. 이 자리에 모인 여섯 또한 그러했다. 십삼조와 임무를 수행해 보지 않은 이가 없었다.

"해 봐야겠지. 아니, 해내야겠지."

말한 것은 평범한 나무꾼 차림을 한 사내였다. 인상이 너무 흐려 몇 번 보아도 얼굴을 기억하기 힘들 것 같았다.

그가 이번 임무의 수장이었다. 나이가 많은 것도, 경력이 긴 것도 아니었지만, 암룡은 그가 다른 암부들을 지휘하게 했다.

이유는 단순했다.

현재의 신조를 가장 잘 알고 있는 것은 그였으니까.

최근 몇 년 동안 신조와 함께했던 이였으니까.

사내, 도철은 감우의 골목길까지 세밀하게 기록된 지도를 내려다보았다. 알 듯 모를 듯 작게 내쉰 한숨을 끝으로 결의를 다졌다. 다른 암부들에게 지령을 내렸다.

◐

짐작만으로 사람을 찾을 수는 없다.

그나마 방법이라면 찾고자 하는 사람이 볼 만한 장소

에 뜻이 통할 수 있는 흔적이나 편지를 남기는 것인데, 암룡에게 쫓기는 와중인 신조와 아랑 입장에서는 그럴 수도 없었다.

하지만 그래도 한 가지 다행인 것이 있었다.

"여기야."

"휑하네."

변장한 두 사람이 도착한 곳은 애묘의 집이었다. 정 갈한 느낌의 저택이었는데, 그래도 집을 돌보는 이가 있는지 오래 비운 티가 나지 않았다. 하지만 전체적으 로 휑한 느낌이 드는 것만은 어쩔 수 없었다. 정원도, 집 내부도 딱 필요한 것들만 갖추었다는 느낌이다.

"뭐, 애묘가 쌓아 두고 사는 성격은 아니었으니까."

"그렇긴 한데……."

대강 집 안을 둘러본 신조가 다시 안방에 섰다.

아랑이 말했다.

"여긴 애묘가 그냥 살던 집이야. 그래서 기관이나 독 같은 것도 없어."

애묘가 스승님에게 배운 것은 '독'과 '의술'이었다. 그녀가 작정하고 독을 풀었다면 그 누구도 쉬이 집 안 에 접근하지 못했으리라.

다른 방과 마찬가지로 정갈하기 짝이 없는 안방이었지만, 그래도 장식장이 몇 개인가 있었다. 장식장 안에는 척 봐도 애묘의 취향임이 드러나는 작고 앙증맞은 인형들이나 건물의 모형 같은 것들이 빼곡히 들어 있었다.

애묘는 보석이나 장신구도 좋아했지만, 이렇게 세밀한 모형들을 더 좋아했다. 아랑은 여러 모형들 가운데 하나에 손을 뻗었다. 작은 집 앞에 어른 인형 하나와 어린아이 인형들이 줄지어 서 있었는데, 아이 인형은 모두 여섯이었다.

남자 아이가 셋, 다시 여자 아이가 셋.

아랑은 설명하지 않았지만 신조는 바로 알 수 있었다. 아랑은 품에서 손가락만 한 사내아이 인형 하나를 꺼내 인형집 앞에 내려놓았다.

"일단 이곳에 흔적을 남기마."

아랑이 피식 웃었다. 신조가 은퇴하기 전, 애묘와 만났을 때 미리 정해 둔 암호였다.

신조는 아련한 얼굴로 인형 집과 인형들을 바라보았다. 자세히 살펴보니 저마다 옷에 동물이 새겨져 있었다.

용, 호랑이, 여우, 늑대, 고양이, 멧돼지, 새.

신조는 저도 모르게 입을 열어 물었다.

"애묘…… 여전해?"

아랑이 인상을 찌푸렸다.

"청조가 훨씬 젊고 피부도 탱탱하……."

"여전한가 보네."

은퇴하기 직전, 예순을 바라보는 나이였음에도 애묘는 삼십 대 초중반 정도로밖에 보이지 않았다. 환골탈태나 반로환동이 아니었다. 청안독노같이 억지스런 얼굴도 아니었다.

애묘가 배운 의술, 신체를 다루는 기술.

아마도 애묘가 익힌 절기와 연관이 있을 거라 추측할 수 있을 뿐이었다.

예순을 훌쩍 넘은 지금도 그러하다면, 이십 대 중후반으로 보이는 신조보다 겨우 몇 살 정도 위로만 보일 터였다.

아랑이 손으로 얼굴을 덮었다. 답답해 죽겠다는 듯 약간은 짜증 섞인 목소리로 말했다.

"야, 애묘는 죽었다 깨도 너랑 안 된다. 알잖냐."

"알아."

신조도 알았다. 애묘와 자신은 이어질 수 없었다. 애묘는 늘 스승님을 바라보고 있을 뿐이었다. 신조의 마음을 알았지만, 거절했다. 신조는 그것을 탓하지 않았다. 자신 또한 맹저에게 그러했고, 그럴 수밖에 없다는 것을 알았으니까.

'아니, 과연 이 감정이…… 이성에 대한 애정일까?'

혼미했다. 이성과 진정으로 정을 통해 본 적이 없으니 알 수가 없었다.

신조는 눈을 감았다 뜨는 것으로 생각을 정리했다. 어차피 이미 오래전에 결론이 난 일이었다. 우선은 애묘와 합류하는 것만을 생각해야 했다.

"어디 더 들를 데라도 있어?"

"마음 같아선 창관이라도 끌고 가고 싶지만, 그럴 수 없으니 바로 일처리 하러 가야지. 다소 위험하지만 만나 볼 놈이 있다."

신조는 떠나기 전 마지막으로 다시 인형 집을 보았다. 아이 인형들 사이에 오롯이 선 어른 인형에 시선을 고정하였다.

'스승님.'

어째서 갑자기 사라지셨던 걸까?

과연 지금도 살아 계신 걸까?

신조는 돌아섰다. 아랑에게 물었다.

"감우면 지령?"

"그래, 지령."

더는 대화도 필요하지 않았다. 휑한 저택에서 두 사람의 흔적이 사라지는 데는 오랜 시간이 걸리지 않았다.

제10막
합류

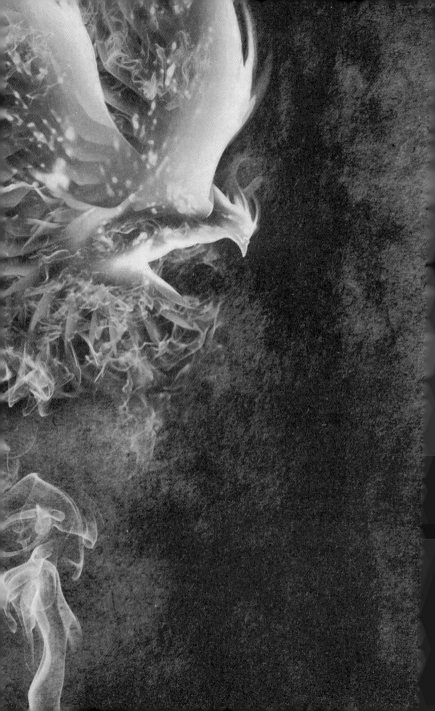

창룡 형은 나와 맞지 않는 부분이 많지. 하지만 그래서 나와 형이 더욱더 힘을 합칠 수 있는 거야. 그리고 그건 우리 십삼조 모두에 해당하는 이야기라 생각한다.

—뇌호

하늘은 높고 바람은 선선했다. 검제와 사정혜는 마루에 나란히 앉아 떡을 집어 먹었다. 사정혜가 특히 좋아하는 인절미였는데, 비사문에서 내준 달고 차가운 음료가 썩 잘 어울렸다.

검제는 인절미 하나를 입에 털어 넣으며 말했다.

"마음에 걸리는군."

"뭐가?"

오물오물 떡을 씹어 삼키며 사정혜가 물었다.

검제는 시선을 정원 멀리 허공에 두며 답했다.

"비사문이 이토록 크게 당한 것은 사실 있을 법한 일이다."

정파구주 가운데 하나이자 서쪽 땅에서 제일의 금력을 자랑하는 비사문이었다. 하지만 그런 비사문이 단 두 번의 공격에 막대한 피해를 입었다. 아무리 하나하나가 검기상인의 경지에 오른 자들이 상대였다고 하지만, 고작해야 수십 명에게 일천 명이 넘는 인원이 상주하는 거대 문파의 본문이 뒤흔들린 셈이었으니 세인들로서는 예상치 못했던 결과임이 분명했다.

사정혜는 코웃음을 치며 말을 보탰다.

"그야 당연하지. 도시 한가운데 있어서 제대로 요새화도 못 시켰으니까. 더욱이 지부니 뭐니 여기저기 퍼트리니 본문에 고수도 부족하고 말이야. 너무 자기 위세에 취한 탓이니 자업자득이지 뭐."

비사문은 도심에 위치하고 있기에 기관 진식 설치에 제한이 있었다. 그나마 저택 내에 설치해 둔 것들도 사방에서 벽력탄을 터트린 탓에 대부분이 제대로 기동하지 못했다. 더욱이 사정혜 말마따나 서쪽 땅 곳곳에 지부가 있어 고수들을 파견하다 보니 본문에 머무는 고수의 숫자가 다른 정파구주에 비해 적은 것 또한 문제였다. 기실 본문의 방어력만 따지면 정파구주 가운데 최약이라 해도 과언이 아닐 비사문이었다.

검제는 여전히 무표정한 얼굴로 고개를 끄덕였다.

"그래. 네 말이 너무 직설적이지만, 사실 틀린 말은 아니다."

"혹사문이었으면 쳐들어온 놈들이 죄다 죽었어. 기관 진식에 일단 못해도 반은 죽었을걸?"

사정혜의 눈에 짧게나마 경멸의 빛이 어렸다. 사파칠주와 어깨를 나란히 하는 정파구주에 속한 비사문이 이토록 엉망진창으로 당한 것이 여러모로 마음에 안 드는 모양이었다.

입술까지 삐쭉이며 툴툴거린 사정혜는 다시 떡을 입에 물었다. 오물오물 씹어 삼킨 뒤 검제 쪽으로 어깨를 기대며 발랄하게 물었다.

"그런데 뭐가 마음에 걸린다는 거야?"

"천마회란 놈들의 세 번째 공격이 있다면, 그건 아마 비사문이 아닐 거다."

"왜?"

검제는 시선을 내려 사정혜를 보았다. 요염하게 미소 짓고 있는 사정혜의 눈을 보며 말했다.

"너와 내가 있으니까."

사황오제삼신 가운데 하나인 검제 백강호와 천하제 일살문 흑사문의 후계자 살성 사정혜가 비사문을 지키고 있으니까.

사정혜는 입술을 살짝 벌리고 멍한 표정을 짓더니, 이내 입꼬리를 일그러트렸다.

"맞는 말이긴 하지만, 너무 뻔뻔한 거 아니야?"

하지만 검제의 표정은 여전했다. 사정혜의 어여쁜 얼굴 대신 다시 허공을 보며 말했다.

"지금까지와 같은 방식으로는 비사문을 칠 수 없다. 그리고…… 이미 효과도 충분해. 비사문은 사실상 봉문 상태나 다름없어져 버렸다. 놈들이 정말로 비사문을 세상에서 지워 버릴 목적이 아니라면 다음 일을 행하는 게 순리에 맞겠지."

문주가 중태에 빠졌고 문파의 핵심을 이루는 고수들 역시 많은 수가 죽거나 부상을 입었다. 더욱이 이번 공격으로 잃어버린 위신이 이만저만이 아니니, 좋든 싫든 검제의 말마따나 최소 몇 달은 봉문을 해야 할 처지였다.

　사정혜가 어깨를 으쓱였다.

　"놈들이랑 내통이라도 했어? 죄다 짐작이잖아. 정말 비사문을 지워 버리는 게 지상 목표면 어쩌려고?"

　"그렇다면 오히려 일이 간단해지겠지."

　검제의 눈은 차가웠다.

　쳐들어오면 모두 죽인다.

　그보다 더 간단한 일은 없다.

　사정혜는 이런 검제의 모습이 좋으면서도 때로는 두려웠다. 서둘러 말을 돌렸다.

　"다음 목표는 어디라고 생각하는데?"

　"그거까지 알면 난 검제가 아니라 사제나 술제라 불렸겠지."

　"피, 그게 뭐야?"

　사정혜가 킥킥 웃으며 발장난을 쳤다. 검제가 마지막 남은 떡을 슥 쳐다보더니 손을 뻗는 대신 접시째로 사정혜에게 내밀었다.

"내가 놈들이라면 비사문이 아닌 근방의 중소 문파들을 공격할 거다."

"어째서?"

사정혜가 떡을 집어 들었다.

검제는 다시 접시를 내려놓았다.

"그건……."

검제는 도중 말끝을 흐리더니 자리에서 벌떡 일어섰다. 기감을 펼치고 있던 사정혜 또한 거의 동시에 시선을 돌렸다.

비사문도 하나가 두 사람을 향해 헐레벌떡 달려왔다.

"무슨 일인가?"

검제가 묻자 비사문도는 숨을 가슴을 부여잡고 차오른 숨을 골랐다. 사정혜가 슬슬 짜증을 느낄 시점에 입을 열어 소리쳤다.

"천마회 놈들이 추월문과 오가장, 유위관을 전멸시켰습니다!"

셋 모두 비사문 근방에 위치한 중소 문파의 이름이었다.

검제와 사정혜가 서로를 쳐다보았다.

백룡강 위를 작은 배 하나가 지났다. 선실이라고 하기도 뭐한, 지붕만 겨우 올린 자리에는 사내 둘이 서로를 마주하고 앉아 있었다.

훌륭한 체구와 무인 특유의 날카로운 기파 때문에 누가 보아도 한눈에 무인임을 알 수 있는 두 사람이었다. 하나는 늙고 하나는 젊었는데, 둘 모두 평범한 무복을 걸치고 있었다.

"북방 원정까진 시간이 얼마 안 남았어."

늙은 사내, 녹룡이 평온한 얼굴로 활을 다듬으며 그리 말했다. 배를 몰고 있는 사공은 귀머거리였기에 황실의 일을 말하는 데 거리낌이 없었다.

마주한 젊은 사내, 황룡은 인상을 찡그렸다.

"썩 기분이 좋지 않다."

녹룡은 활에서 시선을 떼 황룡을 보았다. 입을 꾹 다물고 화를 억누르는 기색이 역력한 황룡의 모습에 씩 웃었다.

"생각보다 순진한 구석이 많이 남아 있었군."

천마회가 중소 문파 세 개를 지워 버렸다. 남녀노소를 가리지 않고 살수를 펼친 탓에 살아남은 자는 세 개 문파 모두 합쳐 열 명이 채 되지 않았다. 그에 반해 죽은 자들은 이백을 넘게 헤아렸다.

그들 모두가 무인은 아니었다. 그저 문파에서 여러 일을 수행하던 사용인들만 해도 수십을 헤아렸다. 그런데 그들까지 모두 죽였다. 천마회의 잔혹함을 드러내고 무림에 위기감을 고조시키기 위함이라지만, 무인도 아닌 양민들을 학살했다.

"그들도 '제'의 백성이다."

황룡은 제의 무관이었다. 제의 무관은 제를 지키는 이였다. 그 수호의 대상은 황실만이 아니었다. 제라는 나라에 속한 모든 이들을 가리켰다.

"굳이 이렇게까지 해야 하는가, 그 말이 하고 싶은 건가?"

녹룡의 목소리엔 여전히 여유가 묻어 있었다. 숙련자가 초심자의 어리숙함을 관대하게 이해하고 넘어가는, 그런 느낌까지 들었다.

황룡은 발끈했지만 스스로를 억눌렀다. 주먹을 꽉 움켜쥐며 말을 이었다.

"천마회와 광룡의 힘이라면……."

뒷말은 잇지 않았지만 의미는 분명했다.

녹룡은 고개를 끄덕였다.

"무리도 아니지. 방향성은 다르지만, 나도 솔직히 천마회를 이렇게 쓰고 버리는 건 너무 아깝다고 생각하니 말이야."

천마회의 힘은 가공할 만했다. 정파 최강이라는 천검문에는 미치지 못할지 모르지만, 그 외 다른 문파라면 결코 단독으로는 천마회를 당해 내지 못할 터였다.

그런 천마회의 힘. 그 힘을 다른 곳에 사용한다면 어떠할까?

애당초 '거사'에 투입하는 게 보다 효율적인 운용이 아닐까?

'대업'을 이루기 위해서라지만, 애당초 쓰고 버릴 패로 만들었다지만, 그러기에는 천마회의 힘이 너무나 아까웠다.

하지만 여기까지였다. 녹룡은 생각을 더 확장시키지 않았다. 천마회의 힘이 아쉬웠지만, 애당초 계획을 수행하기 위해서는 이 정도의 힘이 필요했다. 그리고 이후 성사시킬 거사를 생각한다면 천마회의 소진은 반드시 필요한 일이었다.

녹룡은 그 사실을 알았다. 그렇기에 황룡에게 말했다.

"이미 정해진 일이다. 시작된 일이고…… '그분'의 뜻이기도 하지."

천마회는 비사문을 쳤다. 중소 문파 셋을 멸문시켰다. 엎질러진 물이었다. 이미 도화선에 불씨가 붙은 셈이었다.

황룡도 더는 토를 달지 않았다. 녹룡의 말마따나 '광룡의 진정한 주인' 께서 결정하신 일이었다.

황룡이 수긍하는 모습을 보이자 녹룡이 화제를 돌렸다.

"그보다…… 천마회의 일은 흑룡에게 맡기고 우린 암룡의 솜씨나 구경하도록 하지."

암룡의 암부들이 감우에 몰려들었다. 암부의 수는 여섯. 그들 모두는 스스로가 암룡임을 자각하고 있는 이들이었다. 암룡 암부 하나가 암룡의 존재조차 모르는 조직 하나를 지휘하기도 하는 암룡의 일처리 방식을 생각한다면, 이는 여섯이 아닌 삼백여 명이 투입된 것이나 마찬가지였다.

황룡도 그 같은 사실을 알았지만 고개를 가로저었다. 불퉁한 목소리로 말했다.

"정면 대결에서 적룡을 죽인 자들이다. 결국 너와 내가 나서야 할 것이야."

광룡 대주는 황실 무력의 상징이었다.

적룡은 결코 약한 자가 아니었다. 온실 속의 화초가 아닌, 숱한 사선을 넘은 백전연마의 무장이었다.

그런 적룡을 정면 대결로 쓰러트린 자들이었다. 암부나 살수들의 급습 따위로 죽을 자들이 아니었다.

"글쎄, 그건 두고 봐야 알 일 아니겠나."

녹룡은 키득 웃었다. 손질하던 활을 내려놓고 불어오는 바람을 따라 고개를 돌렸다. 드넓은 백룡강을 바라보며 낮게 읊조렸다.

"그 적룡을 죽인 것도 결국엔 암룡의 암부이니 말이야."

배는 천천히 나아갔다. 향하는 방향에는 감우가 있었다.

●

가부좌를 틀고 앉은 청조는 식은땀을 뻘뻘 흘렸다.

곧게 편 허리가 부들부들 떨리는 것이, 금방이라도 무너질 것 같았다.

신조는 그런 청조의 등 뒤에 앉아 있었다. 눈을 꽉 감고 기를 운용하기 위해 안간힘을 다하고 있는 청조의 등을 손끝으로 가볍게 짚었다.

"서두르지 마라. 천천히, 보다 세밀하게."

신조는 청조에 대한 교육 방침을 완전히 새로이 했다. 애묘가 만든 심법 대신 스승님에게 전수받은 신조 자신의 내공심법을 가르쳤다.

여러 가지 이유가 있었다. 아랑은 이제야 색시 삼을 마음이 생겼냐고 놀렸지만, 그보다는 아랑이 했던 말을 실험해 보고 싶은 마음이 더 강했다.

'애당초 반로환동과 환골탈태를 염두에 둔 무공.'

하지만 어찌 생각하면 실험이라고 하기도 뭐했다. 당장 신조 자신도 스승님의 무공을 오십 년 가까이 수련한 끝에 겨우 이룬 반로환동이 아니었던가. 청조가 지금부터 부지런히 수련을 쌓는다고 해도 같은 맥락이라면 아무리 월광단을 복용했어도 삼십에서 사십 년은 더 지나야 효과를 보리라.

사실 신조 자신도 스스로의 마음을 잘 몰랐다. 이날

이때까지 그 누구에게도 전수한 적 없는 스승님의 무공을 이렇게 청조에게 전수해도 되는 것일까?

신조는 잡념을 지우고 다시 청조에게 집중했다. 스승님의 무공은 혼자 익힐 수 없는 무공이었다. 가장 기초가 되는 내공심법만 하더라도 삼 성을 이룰 때까지는 옆에서 숙련자가 보조를 해 줘야만 했다. 더욱이 청조는 월광단을 복용한지라 내공의 양이 청조의 역량에 비해 지나치게 많았다. 자연히 더 힘이 들 수밖에 없었다.

"하아…… 하아……."

신조의 지도에 따라 한 시진에 걸쳐 일 순회를 마친 청조가 헐떡이며 눈을 떴다. 진이 다 빠졌는지 바닥에 허물어져 일어나질 못했다.

신조는 그런 청조에게 부드럽게 웃었다.

"잘했다."

"헤헤……."

너무 지쳐서 제대로 고개도 들지 못했지만, 그래도 청조는 환하게 웃었다. 그도 그럴 것이, 이 모두가 절정고수를 향해 한 발, 한 발 나아가는 길이었으니 무인이라면 어깨춤이 절로 날 상황이지 않은가.

'그래, 하오문도도 무림인은 무림인이지.'

다시 한 번 피식 웃은 신조는 자리에서 일어나 문 쪽을 보았다. 대충 반·다경 전부터 익숙한 인기척이 느껴졌기 때문이다.

"용건 있으면 그냥 들어오지?"

"허이구, 답답이."

문을 열고 들어선 것은 아랑이었다. 무에 그리 답답한지 가슴을 퍽퍽 두드린 아랑이 청조에게 말했다.

"물 덥혀 놨다. 가서 씻어라."

청조의 얼굴이 더욱 밝아졌다. 어째 다리가 후들후들한 것이 불안했지만, 그래도 자리에서 일어나 아랑에게 꾸벅 고개를 숙였다.

"감사합니다."

"그래. 훔쳐보지 않을 테니까 천천히 해라."

말꼬리에 따라붙은 사족에 청조의 눈이 가늘어졌다.

"진짜죠?"

"본다고 닳나?"

"닳고말고요."

할아버지에게 애교 떠는 손녀마냥 혀를 쏙 내민 청조는 생글생글 웃으며 문밖으로 나갔다. 걸음걸이가 위태위태한데도 묘하게 요염한 것이, 진짜 타고난 모양이었다.

음흉한 생각에 절로 휘파람을 부는 아랑과 달리 신조는 눈썹을 살짝 팔(八) 자로 모았다.

"가다 자빠지지나 않을까 걱정이네."

"쯔쯔, 저 요망한 뒤태를 보고 떠오르는 생각이 그런 것뿐이냐?"

훈훈한 걱정이거늘, 뭐가 못마땅한지 혀를 찬 아랑은 신조의 앞에 가 앉았다.

아랑의 안전 가옥은 하오문도들로 가득 찬 동네 한가운데에 위치했다.

빈집에 사람이 들면 주변 사람들이 모를 수가 없었다. 개원의 거지들은 물론이거니와, 집 근처를 자주 지나는 행인만 되더라도 사람이 들었다는 것을 알기 마련이었다.

청월과 감우 일대의 하오문도들에게 영향력을 행사할 수 있는 아랑이었던지라 안전 가옥에 사람이 든 것을 감추고 있었지만, 비밀이 영원할 수는 없는 법이었다.

더욱이 하오문이지 않은가. 분명 정보를 딴 곳에 팔아먹는 종자가 나오리라.

제대로 숨고자 한다면 지난번 청월에서 그러했던 것처럼 아예 지하에 숨어 꼼짝도 하지 말았어야 했다. 도심지에서 사람처럼 살면서 눈에 띄지 않길 바라는 것은 과욕이었다.

"얼마나 버틸 수 있을 것 같아?"

신조가 묻자 아랑은 방바닥을 가볍게 두드리며 답했다.

"납작 엎드린다면 앞으로 한 달은 버티겠지. 하지만 그건 무리니까, 아마 앞으로 길어야 보름 정도로 예상하고 있다."

감우 땅에 자리를 잡은 지도 벌써 오 일이 지났다. 아직 애묘의 소식은 없었다.

"옮길까? 어차피 지령과 접촉했으니 굳이 감우 안에 있을 필요는 없을 것 같은데."

아랑은 이번엔 바로 답하지 않았다. 혀끝으로 잠시 입술을 핥더니 소리 죽여 말했다.

"북방 원정을 준비 중이란다."

"북방 원정?"

제는 건국 이래 북방의 야만족과 몇 번이나 소규모 전투를 반복해 왔다. 이는 '제' 이전의 국가였던 '조나라' 역시 마찬가지였다.

하지만 원정이라……

이번에는 대규모 토벌단이라도 조성한단 말인가.

신조의 눈빛을 읽은 아랑이 고개를 가로저었다.

"이번에도 어차피 무력시위에 그칠 테지만…… 그래도 제법 규모가 있는 모양이다. 그리고 광룡 또한 이번 원정에 참여할 것으로 보여."

광룡이 원정에 참여한다. 그렇다면 대주들이 빠질 수 없었다.

"전부 가는 것은 아니겠지. 아무튼 놈들이 무슨 일을 진행 중이었든 일에 차질이 생길 수밖에 없을 거다."

비사문을 치는 데 여섯 대주 가운데 하나인 적룡이 직접 나섰다. 이는 광룡 여섯 대주가 광룡이 꾸미고 있는 모종의 일에 깊게 개입하고 있다는 뜻이었다. 그런데 그런 대주들이 북방 원정에 투입된다면 아랑의 말마따나 무슨 일을 진행 중이었든지 간에 차질이 생길 수밖에 없었다.

"갑자기 결정된 일인가?"

본래 계획된 것이었는지, 아니면 갑자기 결정된 것인지는 매우 중요했다. 전자라면 광룡이 북방 원정에 맞쳐 저들만의 계획을 수립했을 터이니 말이다.

아랑이 바로 답했다.

"그래, 승상이 일을 벌인 것 같다."

당금 제의 권력의 정점에 서 있다고 해도 과언이 아닐 승상. 대외적으로 보면 광룡은 그런 승상의 무력이나 다름없었다. 하지만 본질 또한 그러한 것일까? 지금 광룡이 꾸미는 일에는 승상도 관련이 되어 있는 것일까?

신조의 눈빛이 날카로워졌다.

아랑이 계속 말을 이었다.

"더불어…… 천마회 놈들이 중소 문파 셋을 멸문시켰다. 죽은 자만 셈해도 백이 넘는다더군."

추월문과 오가장, 유위관.

세 문파가 멸문당했다. 남녀노소를 가리지 않고 모조리 학살당했다.

"모두 청월 부근의 문파들이야. 서쪽 땅 전체에 위기감이 고조되고 있어. 조만간 서쪽 땅의 문파들끼리 회합을 가질 거다."

백 년 전, 온 세상을 뒤흔들었던 혈랑마존의 대혈겁 이후 정사 간의 대결은 극히 줄어들었다. 정사는 서로

간의 화합을 추구하였고, 그 상징으로 만든 것이 무림맹이었다. 하지만 무림맹은 그저 이름뿐인 집단이었다. 지금 같은 위기 상황에서 서쪽 땅 문파들의 구심점이 될 문파라면 역시 천검문뿐이었다.

정파 최강, 아니, 정파구주와 사파칠주 모두를 통틀어 최강이라 불리는 천검문.

실제로 천검문의 막강한 고수인 검제가 비사문에 파견된 상태가 아니던가.

"놈들의 목적은 대체 무엇이지? 설마 이런 식으로 하나하나 문파들을 정리해서 무림을 없애기라도 하겠다는 건가? 그래서 얻는 것이 대체 무엇이기에!"

신조의 목소리엔 노기가 어려 있었다. 광룡은 황실의 무력을 대행하는 집단이었다. 그런데 그런 광룡이 사조직을 길러 제의 백성들을 학살하고 있으니 분노할 수밖에 없었다.

하지만 아랑의 눈은 차가웠다. 신조처럼 노여움을 보이지 않았다. 그저 냉정한 목소리로 말했다.

"우리에게도 일단 선택권은 있다."

길게 설명할 것도 없었다. 신조는 아랑의 의중을 이해했다.

"무림인들에게 붙자는 거야?"

신조와 아랑은 천마회가 광룡이 길러 낸 자들이란 사실을 알았다.

그 정보, 그 가치.

"그래서 안 될 것도 없지."

아랑이 입꼬리를 살짝 비틀었다.

"어차피 은퇴한 몸이잖냐. 너나 나나."

은퇴했다. 더 이상 암룡의 암부가 아니었다.

"놈들도 서두르겠군."

신조가 착잡함이 섞인 어조로 말했다.

"그래. 그러니 우리도 서둘러야겠지."

아랑은 그대로 방바닥에 누워 버렸다. 여전히 키도 크고 정정했지만, 그래도 아랑은 늙었다. 옛날 같지 않았다.

"더 이상 애묘를 마냥 기다리기도 뭐해. 요호 누나에게 간다."

어차피 단서는 충분히 뿌려 두었다. 다른 누구도 아닌 애묘라면 알아서 잘 찾아오리라.

광룡의 대주들까지 나선 마당에 어찌 보면 안일하기까지 한 생각이었지만, 신조는 딱히 부정하지 않았다.

그저 물었다.

"출발은?"

"모레 아침. 그러니 그전에 정리해야겠지."

아랑은 눈을 감았다.

신조 또한 생각을 더 잇는 대신 방바닥에 누워 버렸다.

●

암룡 암부 여섯은 머리를 맞대고 앉았다. 감우 시내에 위치한 객잔 안이었다. 여섯 모두 같은 복색을 갖추고 등짐을 진 것이, 상단에 속한 무리로만 보였다.

"위험도는 최상. 관군을 제외하고는 모두 동원할 수 있는 상황이다."

궁기가 말했다. 한창 분위기가 무르익은 객잔 안이 어수선했다. 골방보다는 이런 개방된 장소가 오히려 비밀을 감추기 좋을 때도 있었다.

"신조 선배가…… 대체 무슨 일을 벌인 거지?"

하관이 긴 남자의 이름은 도올이었다.

궁기가 인상을 찌푸렸다.

"그런 것은 중요하지 않다.. 제거하란 명령이 중요할 뿐."

암룡 암부는 주어진 명령에 의구심을 가져서는 안 되었다. 암룡은 황실을 수호하는 자들이었다. 그런 암룡이 죽이라 명한 자는 황실의 적이었다.

눈이 다소 째진 남자, 길호가 분위기를 환기하듯 손을 살짝 흔들었다.

"적어도 정파구주나 사파칠주의 장로를 상대한다는 생각으로 계획을 짜야 해."

십삼조 개개인의 무위는 대문파의 장로와 비등한 수준이었다. 더욱이 십삼조가 암룡 출신임을 고려해야 했다. 십삼조를 말살하는 것은 일반적인 대문파 장로 급 무인을 살해하는 것보다 배는 더 어려운 일이었다.

이 자리에 모인 암룡 암부 여섯은 그 사실을 누구보다 잘 알고 있었다.

길호가 말을 이었다.

"우선 살수들을 동원한다."

암룡에서 지원조가 도달했다. 암룡에서 키운 살수들로, 모두 쉰 명이었다. 하지만 이들을 쓰는 것은 나중이었다. 우선은 외부의 병력을 사용해야 했다.

"상급 살수 몇에 잡졸들을 잔뜩 섞는 게 낫겠지."

살집이 오른 남자였다. 이름은 허웅이었다.

"'무대'는 어디에 만들 거지?"

길호의 물음에 도올이 우물쭈물 답했다.

"현재는 안전 가옥에 틀어박혀 있는 것 같기는 하지만……."

"위치는 확실한 건가?"

허웅이 채근했다.

도올이 인상을 찡그렸다.

"아마도, 범위를 세 곳으로 좁힐 수 있을 것 같다."

"셋은 너무 많아."

길호가 입술을 핥으며 불만을 토로했다.

도올 옆에서 침묵하던 묵오가 무겁게 답했다.

"조만간, 둘까지는 줄일 수 있을 거다."

"아예 감우 밖에 있을 가능성은?"

"높지 않다. 이 할 이하다."

계산법 따위를 묻지는 않았다.

궁기가 말했다.

"표적이 계속 안전 가옥에 머문다면 불을 쓴다."

"불을? 피해가 만만치 않을 텐데?"

허웅이 다소 논란 얼굴로 되물었지만, 궁기는 변함없는 어조로 답했다.

"생포가 아니다. 오로지 죽이는 것에만 신경 쓴다."

"천마회 건으로 이 근방 일대가 하수상한데 혼란을 가중시키는 것은 아닐까?"

도올의 걱정은 타당했다.

하지만 궁기는 이번에도 단정하듯 잘라 말했다.

"위험도 최상이다. 그런 것을 고려할 때가 아니다."

애꿎은 이가 말려든다 하여 머뭇거릴 문제가 아니다. 감우 전체를 불태워서라도 명을 수행해야 했다.

궁기, 도올, 길호, 허웅, 묵오. 이렇게 다섯 암부의 시선이 자연스럽게 한곳으로 모였다. 지금까지 단 한마디도 하고 있지 않던 도철은 고개를 끄덕였다. 인상이 흐릿한 얼굴이 그러하듯 높고 낮음이 없는 목소리로 모두에게 말했다.

"무대를 만들어 보도록 하지."

결행한다. 망설이지 않는다.

여섯 암부가 눈빛을 교환했다.

사람이 사람을 죽이는 이유에는 여러 가지가 있다.

미워서, 증오해서, 필요해서, 방해가 되어서, 빼앗기 위해, 재미로, 거슬려서, 누군가를 격분시키기 위해.

그것 말고도 많았다. 참으로 많은 이유가 있었다.

하지만 사람이 사람을 죽이는 것은 쉽지 않다. 약자가 강자를 죽이는 것은 어렵다. 강자라 해도 약자를 죽이는 것이 버거울 때가 있다.

필요는 수요를 창출하는 법이었다. 때문에 사회가 형성되고 국가가 만들어지기 이전의 오랜 옛날부터 지금에 이르기까지 사람을 대신 죽여주는 이들은 늘 존재해 왔다.

살수는 그런 존재였다. 전문적으로 사람을 죽이는 이들이었다.

살수는 수단과 방법을 가리지 않았다. 어떻게든 적을 죽인다는 그 사실 한 가지에만 집중하였다.

그들은 살인에 특화되었다. 세상이 비겁하다 욕하는 방법들도 그들에게는 훌륭한 기술일 뿐이었다.

때문에 그들은 배척받았다. 세상의 강자들에게 있어 살수는 필요하면서도 위협이 되는 존재들이었다. 강자들은 살수 문파들이 적당한 수준 이상으로 성장하는 것을 용서하지 않았다.

그래서 살수들의 집단은 크게 자랄 수 없었다. 어느 정도 규모 이상이 되는 순간, 정도 이상의 힘을 갖추는 순간, 세상은 그들의 머리와 다리를 쳤다.

무림사의 유일한 예외가 흑사문이었다.

천하제일살문이라고까지 불린 그들은 본래 살수들의 집단이었다. 하지만 지금은 사파칠주의 수장을 자처할 수 있을 정도로 거대한 힘을 자랑하는 존재가 되었다. 무림 최강이라 불리는 천검문과 어깨를 나란히 하는 대문파가 바로 흑사문이었다.

하지만 흑사문뿐이었다. 두 번째는 존재하지 않았다.

살수 문파들은 결코 중소 문파 이상의 크기로 자라지 못했다.

청월과 감우에 살수를 파견할 수 있는 살수 문파는 셋이 존재했다. 살수 열 명으로 이루어진 작은 곳도 있었고, 일백에 가까운 살수들을 동원할 수 있는 큰 곳도 있었다.

큰 곳의 이름은 삭월이었다. 무림이 묵인하는 한계치

까지 성장한, 살수 문파로서는 정점에 도달했다 할 수 있는 존재였다.

삭월은 감우 인근 감리산에 터를 잡고 있었다. 다른 문파들처럼 드러내 놓지 않고 산중 깊은 곳에 숨어 있었는데, 감리산 고개 하나에 표식을 세워 두고 의뢰를 받을 뿐이었다.

그 표식 앞에 신조가 섰다. 때는 구름도 별도 없이 오로지 달빛만 은온한 밤이었다.

신조가 무심히 불렀다.

"도철."

"신조 선배."

대답은 바로 돌아왔다. 표식에서 멀지 않은, 고갯길 입구에 나무꾼 차림의 도철이 서 있었다. 신조는 두 시진 전에 고갯길을 지나 삭월을 방문했다. 그래서 말했다.

"삭월은 움직이지 않을 거다."

"수법은 말씀 안 해 주시겠죠?"

"뭐, 그런 법이지. 네가 딱히 내 제자도 아니고."

어깨를 으쓱인 신조는 약간은 삐딱하게 서서 도철을 보았다. 신조는 암룡 암부였다. 아랑의 정보 수집, 분석 능력은 때론 주술로 보일 정도로 초월적이었다.

신조와 아랑은 이 고갯길에 도철이 나타날 것을 알고 있었다.

신조는 도철을 잘 알았고, 도철은 신조를 잘 안다고 믿었다.

도철이 입을 열었다.

"어찌 된 일이죠?

"물어봐 주는 거냐?"

그냥 죽이는 것이 아니라? 내가 네게 죄인의 죄를 물었을 때 너는 늘 답하지 않았더냐. 제에, 세상에 위협이 되는 존재일 거라고. 그러니 죽이라 명이 내려왔을 거라고.

삼켜 버린 길고 긴 뒷말은 언급할 필요가 없었다.

도철 역시 어깨를 늘어트렸다.

"선배니까요."

도철과 신조는 몇 년이란 시간을 함께 일했다. 하지만 신조는 감정을 섞지 않았다. 그러기 위해 노력했다.

"넌 뭐라고 들었냐?"

"괴휼 선배를 죽이셨다는 것까지만 들었습니다. 하지만 그 정도로 이렇게까지 일이 커지지는 않았겠죠."

신조는 최상급 위험 인물로 지목되었다. 도철이 암룡에서 일한 지 벌써 십 년이 넘게 지났지만 최상급 위험 인물을 표적으로 삼은 것은 이번이 처음이었다.

신조는 바로 답하는 대신 고개를 살짝 기울였다. 엉뚱한 소리를 하였다.

"갑자기 딴소리지만, 젊어진 이유는 안 묻는 거냐?"

"평소라면 그게 우선이었겠지만…… 평시가 아니군요."

"그래. 아무튼 이게 본래 내 얼굴이다."

"젊은 시절에 잘생기셨을 거라 생각했습니다."

"아부는 여전하구나."

신조는 시선을 멀리하였다. 도철의 등 너머, 먼 곳을 주시하며 말했다.

"하지만 도철, 궁기가 너보다 더 뛰어난 모양이다."

도철을 만나는 것은 예정대로였다. 하지만 그 예정에 궁기는 들어 있지 않았다.

도철은 반사적으로 뒤를 돌아보았고, 신조는 기감을 넓게 퍼트렸다.

사방에서 발자국 소리가 들렸다.

달이 밝았지만, 그래도 밤이었다. 아무리 주변에 다가섰다 하나 검은 옷을 입고 은신한 암부들을 육안으로 식별하기란 어려웠다.

하지만 신조와 도철은 삼십 명가량의 암부들이 주변을 에워쌌음을 인지했다.

"제가 나타날 것도 알고 계셨습니까?"

도철의 등 뒤에서 궁기가 모습을 드러냈다.

신조는 태연히 답했다.

"반은."

"그런데도 오신 겁니까?"

궁기의 목소리에는 조금이지만 노기가 섞여 있었다. 얕보였다는 기분이 든 모양이었다.

신조는 궁기와 일을 세 번 해 보았다. 궁기는 완벽주의자였다. 감정을 배제하고 정밀한 계획을 수립하는 것을 좋아했다. 하지만 그런 성미 때문인지 일이 본래 계획에서 조금만 어긋나도 쉽게 흥분하는 단점이 있었다.

신조는 기감을 넓게 퍼트렸다. 은신한 암부들은 신조가 퍼트린 기의 망을 인지하지 못했지만, 신조는 이미 그들의 수와 위치를 모두 읽어 냈다.

"준비된 무대에 기어 들어갈 수는 없으니까."

완성된 무대에 삭월까지 투입되면 제아무리 신조와 아랑이라 해도 당해 낼 재간이 없었다. 무대가 만들어지기 전에, 삭월이 투입되기 전에 선수를 쳐야만 했다.

궁기의 입술이 비틀어졌다.

"이 정도면…… 이미 무대가 아닐까요?"

함정을 준비하진 못했지만 '암조' 서른 명이 주변을 포위했다. 암조 서른 명이 목숨을 도외시한 연수 합격을 펼친다면 설사 일문의 장로 급 무력을 가진 신조라 해도 살아남을 수 없을 터였다.

궁기의 눈빛이 변했다.

신조는 더 이상 대화할 시간이 없음을 알았다. 소리 높여 외쳤다.

"광룡이다! 놈들이 천마회를 동원해서 일을 꾸미고 있다!"

도철의 눈동자가 커졌다.

하지만 궁기의 눈빛은 변함없었다.

신조는 코끝을 살짝 찡그렸다. 아랑의 말대로였다. 궁기는 암화의 사람이었다.

"잠깐!"

도철이 소리쳤지만, 소용없었다. 암조들은 오로지 궁

기의 명에만 복종했다.

신조는 숨을 깊이 삼켰다. 가볍게 손을 놀려 오른손에 장검을 쥐고 왼손엔 단검 한 자루를 역수로 쥐었다.

궁기는 더 이상 신조를 마주하지 않았다. 어둠 속에 은신해 암조들과 함께 신조를 노렸다.

하나, 둘.

짧으면서도 긴 시간.

암조들의 공격이 시작되었다.

사람이라면 누구나 희로애락이 있는 법이었다. 감정이 없는 인간은 존재하지 않았다. 하지만 감정은 전투에 이롭지 못한 경우가 많았다. 분노는 침착함을 잃게 했고, 슬픔은 검을 무디게 만들었다.

때문에 살수를 '부리는 자'들은 감정이 없는 인간을 원했다. 슬픔이나 분노에 흐트러지지 않는 병기, 죽음조차 두려워하지 않고 맡은바 임무에 충실한 인형.

이러한 공상을 실현에 옮긴 자들이 있었다.

아직 철이 들지 않은 어린아이들을 한곳에 모아 키우며 오랜 시간 공을 들인다. 세뇌하고 세뇌해 감정을 죽인다. 오로지 명령에만 복종하는 인형을 만든다.

이렇게 만들어진 '병기'는 만든 이들의 생각대로 감정이 없는 날카로운 검이 되었지만, 그뿐이었다. 감정을 죽이는 대가로 자아를 잃은 이 병기들은 오로지 적을 치는 검으로밖에 쓸 수 없었다.

그래서 암룡은 여러 임무를 수행할 암부들과는 별도로 이러한 병기들을 육성했다.

암조(暗爪).

그것이 인형들의 이름이었다.

신조 또한 암조를 알았다. 전대 암왕이 만든 저 병기들은 분명 유용했다. 죽음을 두려워하지 않기에 동귀어진으로 까다로운 적을 해치우기에도 좋았다. 하지만 현 암왕은 암왕의 자리에 오른 직후 암조를 더 이상 만들지 못하게 했다. 그녀가 그런 것은 암조의 양산 방식이 비인간적이었기 때문이 아니었다.

'효율이 나쁘니까.'

육십 평생을 암룡에서 살았다고 해도 과언이 아니었지만 암왕의 맨얼굴을 본 것은 단 한 번뿐이었다. 그 얼굴이 떠올랐다. 신조는 진각을 밟았다.

하늘에서 화살이 쏟아졌다. 근거리에서 연속해서 쏘는지 금방 하늘을 뒤덮었다. 신조는 땅을 걱정하지 않았다. 지둔술은 매복이 가능할 때만 성립되는 기술이었다. 땅에서 적이 솟아날 리는 없었다.

그래서 하늘만 보았다. 쏟아지는 화살을 보며 전신을 모두 활용했다.

화살을 모두 쳐 내는 것은 불가능했다. 동작을 크게 했다가는 화살 하나를 쳐 내고 바로 연이어 날아온 화살에 몸을 내주는 수밖에 없었다. 작게 움직여야 했다. 화살을 쳐 내는 것이 아니라 흘려보내야 했다. 그러면서도 끊임없이 움직여 쏟아지는 화살 비 사이에 순간순간 만들어지는 생로에 몸을 집어넣어야 했다.

화살이 신조의 몸을 비껴 지났다. 몇 개인가는 신조의 몸에 긁힌 상처를 냈지만, 겨우 그뿐이었다.

화살이 다시 쏟아졌다. 그리고 이번에는 암조 여럿이 동시에 달려들었다.

모두 아홉이었다. 화살을 아랑곳 않고 신조에게 돌진했다.

화살을 신경 쓰면 암조들을 막을 수 없다.

암조들을 신경 쓰면 화살 비에 노출될 수밖에 없다.

이지선다. 무엇을 골라도 패착이다. 피할 수 없는 죽음의 길이다.

아니, 그렇지 않다.

하늘이 존재하지 않는가.

신조가 지면을 박차 수직으로 솟구쳐 올랐다. 몸을 회전시켜 화살 몇 개를 비껴 냈다.

하지만 한계가 빤했다. 솟구쳐 올라 봐야 이내 다시 추락할 뿐이었다. 화살을 쳐 내느라 그나마도 높이 솟구치지 못했다. 암조들 가운데 일부는 뛰어올랐고, 나머지는 지상에서 신조의 추락을 기다렸다.

신조는 웃었다. 검을 내던지고 허공을 박찼다.

"허공답보?!"

경악을 토한 것은 궁기가 아니었다. 다른 목소리였다. 신조는 목소리의 주인을 알았다. 오 장 높이에서 반전해 머리부터 바닥을 향해 추락했다.

"흩어져!"

궁기가 비명처럼 외쳤지만, 너무 늦었다. 신조가 몸을 회전시키며 양손을 뿌렸다. 하늘에서 비침이 쏟아져 암조들을 꿰뚫었다.

일수비백비.

청조가 펼치던 어설픈 기예와는 비교조차 할 수 없었다. 다시 반전해 지면에 안착한 신조는 내던졌던 검을 재빨리 주워들었다. 감정이 없으나 고통까지 억누르진 못해 주춤하는 암조들 사이를 누볐다. 비명 없는 죽음이 이어졌다.

숨어 있던 남은 암조 전원이 동시에 튀어나와 신조에게 짓쳐들었다. 신조의 목숨을 노리는 것이 아니라 그 팔과 다리를 노렸다. 어떻게든 붙잡아 움직임을 봉하려 했다.

스무 명이나 되는 인원이었다. 더욱이 죽음을 두려워 않고 오로지 목적만을 수행하려는 자들이었다.

하지만 신조는 그런 암조들의 공세를 너무도 쉽게 회피했다.

하늘.

신조가 새처럼 하늘로 솟구쳤다. 암조 중 몇이 암기를 날렸지만, 소용없었다.

암왕이 암조를 비효율적이라 평한 이유는 단순했다.

암조는 강해질 수 없다. 기껏해야 이류 살수 수준을 벗어나지 못한다. 자아가 없기에, 생각하지 못하기에 싸움 그 자체가 단순해질 수밖에 없다.

동귀어진에 효과적이라 하지만, 그것도 한계가 있었다. 비록 한 번에서 두 번뿐이라지만 허공을 밟고 신공을 펼치는 절정고수를 자아조차 없는 인형들이 어찌 상대한단 말인가.

신조는 암조들의 목숨을 거두는 데 망설이지 않았다. 서른이란 숫자는 적지 않았지만, 역설적으로 말해 고작 칼질 서른 번이면 정리될 숫자라는 뜻이기도 했다.

암조의 숫자가 자꾸만 줄었다. 신조는 앞을 보며 등 뒤를 신경 썼다. 사방에 널린 암조들 때문이 아니었다.

'온다!'

쏴악—!

지금까지와는 비교조차 되지 않을 정도로 빠른 강시가 신조의 머리칼을 스쳐 암조의 가슴을 꿰뚫었다. 신조를 돕고자 함이 아니었다. 신조가 간발의 차로 화살을 피한 것이었다.

'길호!'

허공답보라 놀라 외쳤던 것은 길호였다. 그 목소리를 들은 직후부터 지금까지 신조는 길호의 화살을 머릿속에서 지우지 않았다.

암조가 이제 열 남았다. 길호의 두 번째 화살은 날아오지 않았다. 대신에 다른 일이 일어났다.

콰카가가강—!

신조 주변으로 폭음이 연달아 터졌다. 암조들의 몸이 터지면서 뼈와 살점이 주변을 가득 메웠다. 화약의 폭발력이 주변의 모든 것을 집어삼켰다. 암조 최후의 수단인 자폭이었다.

그러나 폭발은 신조에게 닿지 않았다. 암조들이 폭발하기 직전에 공중으로 솟구쳐 오른 신조는 아슬아슬하게 폭발의 범위에서 벗어날 수 있었다.

도약의 최고점을 지나 추락하며 신조는 지상을 보았다. 살아남은 암조는 더 이상 없었다.

하지만 바로 그때, 길호의 두 번째 화살이 날아왔다.

신조는 숨을 삼켰다. 허리를 틀어 다시 한 번 몸을 회전시켰다. 하지만 이번에는 화살이 너무 빨랐다. 소맷자락에서 뽑아낸 단검으로 화살을 완전히 비껴 낼 수 없었다. 화살의 날카로운 끝이 신조의 팔뚝에 파고들었다.

잇소리를 내며 신조가 지상에 추락했다. 궁기가 그런 신조에게 빛살처럼 달려들었다. 반대편에선 궁기보다 훨씬 더 덩치 큰 사내가 양손에 도끼를 하나씩 거머쥐고 덤볐다. 허웅이었다.

"멈춰!"

소리친 것은 도철이었다. 신조와 암조가 싸우는 동안 유리되어 있던 그가 목소리를 높여 허웅의 이목을 순간이나마 자신 쪽으로 돌렸다. 지체하지 않고 진각을 밟아 허웅에게 달려들었다.

두 개의 싸움이 시작되었다. 허웅과 도철이 어울렸고, 신조와 궁기가 서로를 대면했다.

궁기는 신조가 그러했던 것처럼 여러 무기를 모두 다 쓸 수 있었지만, 그중에서도 특히 도법이 뛰어났다. 빛의 반사를 막기 위해 재를 바른 검은 도가 신조의 왼팔을 노렸다. 화살을 맞아 약해진 부위를 노린다는, 지극히 암부다운 전투법이었다.

신조는 그런 궁기에게서 벗어나는 대신 오히려 바짝 다가섰다. 무공싸움이 되는 순간, 궁기는 신조를 이길 수 없었다. 더욱이 지근거리에서의 목숨을 건 박투라면 암룡제일인 신조였다.

신조의 오른손이 궁기의 도가 이루는 궤적을 거짓말처럼 어그러트렸다. 눈 깜박할 사이에 궁기의 가슴을 연달아 두 번 가격한 신조는 주먹을 말아 쥐었다. 입에서 피를 토하며 뒷걸음질 치는 궁기의 가슴에 촌타(寸打)를 꽂아 넣었다.

연달은 충격에 궁기는 버티지 못했다. 길호의 화살 엄호가 있기에는 신조와 궁기의 거리가 너무 가까웠다. 아니, 엄호를 하고 자시고 할 사이도 없이 궁기가 치명상을 입고 말았다.

신조는 소맷자락에서 다시 단검을 뽑았다. 손발이 어그러진 궁기의 가슴에 거침없이 단검을 박아 넣었다. 살려서 추궁한다는 생각은 하지 않았다. 암룡 암부는 죽일 수 있을 때 죽여야만 했다. 신조는 궁기를 조금도 얕보지 않았다.

궁기의 입이 크게 벌어졌다. 하지만 그 어떤 말도 만들어 내지 못했다. 피 냄새 가득한 최후의 숨을 끝으로 완전히 무너져 내렸다.

화살이 연달아 날아왔다. 신조는 무너지던 궁기를 붙잡아 끌어 올려 화살을 막았다. 싸움을 더 끌지 않기 위해 도철과 허웅 쪽을 보았다. 동수를 이루는 둘의 싸움이기에 쉽게 우열을 가릴 수 없었다. 신조는 끼어들었다. 암부끼리의 싸움에 정정당당한 일대일 대결 따위는 존재하지 않았다.

시간이 별로 없었다. 궁기까지 쓰러진 마당이니 길호는 더 이상 아군이 화살에 맞는 것을 저어치 않을 터였다. 길호의 화살이 쏟아지기 전에 허웅을 끝장내야 했다.

도철과 신조가 동시에 움직였다. 연수합격 따위 한 번도 해 보지 않은 둘이었지만, 그것만으로도 충분했다. 허웅은 신조의 존재를 필요 이상으로 의식할 수밖에 없었다. 손발이 어그러지는 것은 순간이었고, 그 순간이 생사를 갈랐다. 허웅의 가슴과 목에 돌이킬 수 없는 치명상이 연이어졌다.

도철은 숨을 헐떡였다.

신조가 허공을 향해 소리쳤다.

"이제 소용없다, 길호!"

암조는 전멸했고 궁기와 허웅도 죽었다. 무대 아닌 이곳에서 길호가 더 이상 할 수 있는 일은 없었다. 화살을 날린 탓에 위치를 노출했으니 암룡제일의 신법을 자랑하는 신조의 손에서 벗어날 길이 없었다. 다시 한 번 화살을 날리는 순간, 길호의 운명도 결정될 수밖에 없었다.

화살은 더 이상 날아오지 않았다. 도철은 어깨를 축 늘어트리며 안도의 숨을 토했다. 길호는 아무래도 도망친 모양이었다.

하지만 신조는 달랐다. 인상을 찡그렸다. 빙글 돌아
서며 주변의 어둠을 보았다.

독무가 퍼졌다. 적갈색 안개였다. 어둠 속이라 그 색
을 분간하기 힘들었지만, 근방 일대를 빈틈없이 메워
오고 있었다.

넓게 퍼진 기감에 생명의 소실이 느껴졌다. 작은 벌
레나 동물은 물론이거니와, 풀조차도 안개에 닿는 순간
생명이 사라졌다. 거기에 그치지 않고 녹아내리기까지
했다.

"사…… 갈?"

절로 마른침이 삼켜졌다. 애묘가 만들어 낸 최악의
독 가운데 하나였다. 암룡에서도 중한 일에서만 쓰는
그 독이 주변 일대를 뒤덮는 데 그치지 않고 조금씩조
금씩 신조와 도철을 향해 밀려들었다.

도철도 이제는 육안으로 독무를 식별할 수 있었다.

"설마 삭월이……?"

"삭월은 아냐."

삭월 따위가 손에 넣을 수 없는 독이었다.

그렇다면 길호인가?

아니다. 길호 또한 아니다.

"광룡이군."

신조가 주먹을 움켜쥐었다.

녹룡은 길호의 가슴에 박힌 화살을 뽑아냈다. 암룡 암부를 살인멸구하며 저 멀리 퍼진 독무를 보았다.

황룡이 잇소리를 냈다.

"제대로 싸우지 않는 건가?"

"싸울 필요가 없지. 우리의 목적은 신조와 무예를 겨루는 게 아니지 않나. 놈을 죽이는 것이지."

녹룡의 말은 틀리지 않았다. 당면한 과제는 신조를 죽이는 것이었다. 죽이는 방식이 중요한 것이 아니었다. 하지만 그렇다 할지라도 가슴에 이는 분을 억누를 수 없었다. 황룡은 신조가 암조들과 싸우는 모습을 보았다. 신기에 달한 경공까지 목도했다. 싸우고 싶었다. 피가 끓어올랐다.

용화의 보고대로라면 신조는 아직 전력을 다한 상태도 아니었다. 불꽃과도 같은 붉은 기운을 보고 싶었다. 적룡을 정면에서 꺾어 낸 놈의 저력을 직접 체감하고 싶었다.

녹룡은 그런 황룡의 욕구를 모르지 않았다. 그랬기에

계속 말을 이었다. 이성으로 감성을 억누르게끔 유도했다.

"놈이 허공을 박찬다 해도 기껏해야 한 번. 저토록 넓게 퍼트린 독무를 도약으로 벗어난다는 건 불가능해. 놈은 이제 죽을 거다."

끝이다. 신조는 죽는다. 그리고 이제 와서 녹룡과 황룡이 저 독무 사이로 파고드는 것은 불가능하다.

"아랑이 보이지 않아."

황룡이 억누른 목소리로 말했다. 신조가 암조를 상대로 수십 대 일의 싸움을 하는 와중에도 아랑은 나타나지 않았다. 어딘가에 숨어 이 싸움을 지켜보고 있는 것일까, 아니면 감우에서 무언가 다른 일을 진행시키고 있는 것일까?

녹룡이 웃었다.

"그래. 하지만 아랑 놈이 숨어 있어 봐야 저 상황에서 뭘 어쩌겠나."

사갈은 암룡에서도 제대로 통제할 수 없는 독이었다. 애묘가 은퇴한 이후 암룡이 사갈을 사용한 예는 손에 꼽을 정도였다.

그런 독. 독을 푼 이도 그저 독기가 가라앉기를 기다

릴 수밖에 없는 독.

"슬슬 독을 풀던 녀석들을 철수시켜야겠군. 큰 시름을 하나 덜었어."

녹룡이 껄껄 웃으며 허리를 곧이 폈다.

황룡은 독무를 노려보았다.

신조는 사갈을 알았다. 애묘가 만들어 낸 여러 독들 가운데서 다섯 손가락 안에 드는 끔찍한 독이었다.

사갈에 노출되면 살 수 없었다. 무색무취를 포기하고 오로지 독성에만 신경 쓴 최악의 독이었다.

도망칠 수 있을 것인가.

무리다.

도철을 버리고 홀로 허공을 박찬다 할지라도 결국엔 독무 사이에 몸을 던질 수밖에 없다.

'하지만……'

애묘 덕분에 수많은 독에 면역이나 다름없는 신조였다. 환골탈태로 얻게 된 새로운 신체는 그러한 저항력을 더욱 키워 주었다.

설사 도약 끝에 사갈 속에 몸을 던지더라도 잠깐이라면 괜찮지 않을까?

신조는 도철을 돌아보았다. 도철을 살릴 방법이 도무지 떠오르지 않았다. 이제 와서 땅을 파헤친다 할지라도 사갈에서 자유롭기 위해서는 못해도 일 장 정도는 땅을 파헤쳐야 했다. 그럴 시간적 여유가 없었다.

"혼자라도 가십시오."

도철이 말했다.

신조는 인상을 찡그렸다. 그래야 함을 알지만 쉬이 발이 떼어지지 않았다.

혼자 간다 해도 살기가 어렵다.

도철을 살리려 하나 방법이 없다.

신조가 다시 독무를 보았다. 마지막으로 숨을 깊이 삼켰다. 결정했고, 결정한 바를 실행에 옮기고자 하였다.

바로 그 순간, 이변이 일어나지 않았다면 말이다.

독무가 갈라졌다. 사갈이 자연스럽게 밀려나며 길을 만들었다.

길을 연 것은 바람이 아니었다.

신조는 저도 모르게 거친 숨을 토했다. 어깨를 떨었다.

열린 독무 사이로 인영 하나가 보였다. 여인 특유의

매끄럽고 고운 곡선이었다.

　얼굴은 보이지 않았다. 어둠 때문이 아니었다.

　"만독불침에 가깝긴 하지만, 결코 만독불침은 아니라 말했잖니."

　하얀 고양이 가면 속에서 질책 어린 목소리가 흘러나왔다. 여유로움과 친근함이 물씬 담긴 그것에 신조는 웃지도, 울지도 못했다. 그저 입을 벌려 말했다.

　"애묘."

　고양이 가면에 표정은 없었다. 하지만 신조는 가면 속의 여인이 어떤 표정을 짓고 있을지 알 수 있었다.

　"독공이 뭔지, 제대로 알려 줄게."

　애묘는 그렇게 말했다. 신조가 아닌, 먼 곳에 시선을 보내며 험상궂게 웃었다.

제11막

격노

노비로 팔려가거나 첩 같은 걸로 끌려가지 않고 이곳 암룡에 들어오게 된 건 행운일까, 불행일까?

행운이겠지.

행운일 거야.

이렇게 다시 가족들이 생겼잖아?

—요호

◉

독무가 갈라지며 길이 열렸다. 일 장 정도 될 그 길

한가운데 선 여인은 나른하게 어깨를 늘어트렸다.

"어서 와. 빠져나가야지."

신조는 마른침을 삼켰다. 몇 번이나 입술을 달싹 거린 끝에야 겨우 다시 말문을 열었다.

"아랑 형은?"

애묘는 아랑과 연락이 닿았음에 분명했다. 그것 외에는 애묘가 지금 이 자리에 있는 이유를 설명할 길이 없었다.

애묘는 하얀 팔다리를 훤히 드러내고 있었다. 양팔과 다리에 가죽을 대고 있었는데, 한창 현역으로 활동하던 시절에 즐겨 하던 차림이었다. 절대 노인의 것이 아니었다. 예순을 훌쩍 넘어 일흔을 바라보는 나이라고는 생각지도 못할 싱그러움이 묻어났다. 봉긋 솟은 가슴 또한 그러했다.

애묘는 조금도 변하지 않았다. 그녀는 신조의 머릿속에 각인된 그 모습 그대로 행동했다. 골반을 비틀어 삐딱하게 서더니 어깨를 으쓱였다.

"굳이 나올 필요 없잖니? 차라리 안전한 곳에 숨어 있는 편이 났지."

타당한 말이었다. 아니, 애당초 물을 필요도 없는 말

이었다. 신조도 능히 짐작하고 있던 일이니 말이다. 그럼에도 물었던 것은 그저 퍼뜩 생각난 것이 그것 하나뿐이었기 때문이다.

애묘도 그것을 알았다. 조금도 변하지 않은, 오히려 겉모습은 한창 자신을 연모하던 그때로 돌아간 동생에게 말했다.

"서둘러. 허리 안아도 괜찮으니."

밑도 끝도 없는 말이 아니었다. 신조는 단번에 이해했다. 엉거주춤하게 서 있던 도철의 허리를 억세게 움켜쥐더니 그대로 신형을 날렸다. 비호처럼 날아 반대쪽 손으로 애묘의 낭창낭창한 허리를 낚아챘다. 양손에 하나씩 성인 남녀를 한 명씩 끼고 있었지만, 실로 쏜살같은 움직임이었다.

애묘가 사갈을 갈라 길을 열었다. 하지만 그 길이 또 영원한 것은 아니었다. 애묘만이 아는 수법으로 잠시 독의 진로를 가로막은 것뿐이었다. 시간이 지나면 길은 다시 막힐 터였다. 물론 사갈이라 하여 이 땅을 영구히 죽음의 땅으로 바꾸지는 못했다. 아무리 길어도 보름 정도면 그 독기가 흩어지고 말 것이 분명했다. 하지만 그 긴 시간 동안 죽치고 있을 수도 없는 노릇이었다.

열린 길을 따라 도주한다.

가장 중요시한 목표였던 애묘와의 합류는 이미 성공한 셈이었다. 구태여 준비되지 않은 장소에서 광룡과 생사결의 싸움을 펼칠 이유가 없었다.

"추적해 오겠지?"

신조가 정면을 보며 그리 물었다. 얼굴을 때리는 바람이 평소보다 매서운 기분이었다. 왼손을 따라 전해지는 애묘의 체온과 여인 특유의 부드러움이 신조의 가슴을 두드렸다.

아랑에게 말했듯이 신조는 애묘를 포기했다. 하지만 그렇다 할지라도 세세한 작은 감정까지 모두 억누를 수는 없었다.

그런 신조의 속내를 아는지 모르는지 애묘는 긴 팔을 뻗어 신조의 목을 끌어안았다. 그 귀에 속삭였다.

"오겠지. 올 거야. 이 지랄을 떨어 놓고 안 올 리가 있겠어?"

쾌활하며 발랄했다. 신조는 옛 생각이 나는 것을 감출 수 없었다. 애묘와 마지막으로 본 것은 십 년 정도 전이었지만, 그보다 더 먼 옛날이 떠올랐다. 독과 불에 얼굴이 상하기 전의 자신으로 돌아가는 기분을 느꼈다.

"무대는?"

신조가 물으며 애묘를 돌아보았다. 애묘는 재주 좋게 손을 놀려 고양이 가면을 살짝 밀어 올렸다. 주름 하나 없는 매끈한 턱 위로 연분홍빛 입술이 드러났다.

애묘의 입가에 하얀 미소가 걸렸다.

"신조와 아랑, 거기에 애묘까지 있다. 무조건 쫓아야 해."

황룡이 조급함을 감추지 않았다. 십삼조 일곱 가운데 무려 셋을 일망타진할 기회였다. 더욱이 적룡을 해한 신조와 손속을 겨루고 싶다는 욕구를 이제는 더 이상 억누르기 힘들었다.

하지만 녹룡은 달랐다. 흥분한 황룡을 달래듯 차분히 말했다.

"서두르지 마라. 천마회를 동원한다."

황룡이 욕지거리를 토했다. 황실의 무력을 상징하는 광룡의 대주가 둘이나 있었다. 녹궁대와 황권대에서 데려온 광룡 무인들도 서른을 헤아렸다. 그런데도 부족하단 말인가? 무엇이 그리 겁이 난단 말인가!

녹룡은 황룡에게 대꾸하지 않았다. 그가 결국엔 자신

의 뜻을 따를 것을 알았다. 품에서 사령부를 꺼냈다. 미련 없이 찢어 사령을 쏘아 보냈다.

신조는 실로 질풍과도 같았다. 사람을 둘이나 끼고 달리고 있음에도 전성기 시절과 비슷한 속도를 내니 애묘도 감탄을 토할 수밖에 없었다.

애묘는 신조를 감리산 기슭으로 인도했다. 낮은 절벽과 기암괴석들로 인해 평지가 부채꼴 모양으로 점점 좁아지는 지형이었다. 부채꼴 끝에 위치한 작은 토굴에 들어가자 애묘는 능숙한 솜씨로 횃불 하나를 만들었다. 어둠을 몰아내며 말했다.

"생각보다 너무 빠른데?"

이 일대는 모두 애묘의 '무대'였다. 정해진 시간이 되면 독이 퍼져 사방이 지옥도로 변하게 되어 있었다. 그런데 당초 예상한 시간보다 적어도 반 식경은 일찍 토굴에 도착했다.

"뭐, 저쪽이 꾸물거릴 테니까 상관없으려나?"

놈들도 애묘 자신을 확인했으니 섣불리 움직이지 못하리라. 더욱이 지형부터가 접근하기 꺼림칙하지 않은가. 놈들이 주저하면 할수록 애묘와 신조에게는 좋았

다. 도망칠 수 있는 시간이 그만큼 더 길어진다는 뜻이
니 말이다.

도철은 침묵했고, 애묘는 도철을 크게 신경 쓰지 않
았다. 신조에게 말했다.

"조정에서 북방 원정을 준비 중이라는 이야기를 들
었어. 시간을 끌면 놈들은 숫자가 줄어들 수밖에 없
어."

이번 북방 원정에는 광룡이 참여하게 되어 있었다.
필연적으로 대주들 여럿이 북방으로 떠날 수밖에 없으
니, 십삼조 입장에서는 호재라 할 수 있었다.

―놈들이 약해진 틈을 노려 이쪽의 수를 준비한다.

그것이 아랑과 애묘가 생각한 수였다.

"적어도 반나절은 지옥이 펼쳐질 거야. 그사이에 도
망치면 돼."

애묘가 횃불을 동굴 안쪽으로 돌렸다. 얼핏 보아도
제법 길고 복잡한 동굴임을 알 수 있었다.

신조는 동굴 쪽을 보는 대신 애묘를 보았다. 다른 뜻
은 아니었다. 하지만 애묘는 다르게 받아들였다.

"아니면……."

애묘의 손에 들린 횃불이 다시 동굴 입구 쪽을 가리켰다. 애묘가 고개를 살짝 기울이며 도발하듯 물었다.

"다 죽이고 싶어?"

"도망가겠지."

먼 곳에서 동굴 입구를 노려보며 녹룡이 말했다. 바라보기만 해도 욕지거리가 솟구치는 지형이었다. 불길함이 가득했다. 애묘가 무슨 수작을 부려 놓았을지 짐작조차 할 수 없었다.

하지만 지체할 수도 없었다. 저 동굴이 어디로 이어져 있을지 알 수 없는 노릇이었다. 아니, 어쩌면 전혀 생각도 못한 비밀 통로가 뚫려 있을지도 몰랐다. 애묘가 은퇴한 지 자그마치 십 년이 넘었다. 무엇을 만들어 두었다 해도 이상할 것이 하나 없었다.

"제 발로 기어 나오게 해야 해."

황룡이 으르렁거렸다. 다 잡은 것이나 다름없던 십삼조를 이리 허망하게 놓칠 수는 없었다.

녹룡이 혓소리를 냈다. 거대한 활을 꺼내 시위를 당겼다.

"천마회가 올 때까지 기다리려 했지만, 별수 없군."

내력을 실어 강궁을 당겼다. 보통의 것보다 배는 큰 화살을 동굴 안쪽을 향해 쏘아 날렸다.

녹룡은 다시 시위를 쟀다.

황룡은 두 주먹을 움켜쥐었다.

신조와 애묘, 두 사람이 동굴 밖으로 뛰쳐나오기를 기다렸다.

신조는 돌연 애묘를 와락 끌어안았다. 음심이 돋아서가 아니었다. 애묘를 끌어안은 신조의 머리 뒤 공간을 거대한 화살이 관통했다.

화살이 동굴 벽 깊숙이 박혔다. 어지간한 애묘도 놀랐는지 숨을 크게 쉬었다. 신조는 얼른 애묘를 놓아주었다. 화살 쪽을 돌아보았다.

"녹……."

말을 맺지 못했다. 그냥 화살이 아니었다. 화살대에 무언가 커다란 것이 매달려 있었다.

반백인 머리칼이었다.

도철이 숨을 삼켰다.

애묘가 반사적으로 횃불을 화살에 가까이 가져갔다.

늙은 여인의 얼굴이었다.

신조도, 애묘도 잘 아는 이의 얼굴이었다.

애묘가 횃불을 떨어트렸다.

도철은 신조를 돌아보았다.

신조는 화살에 다가섰다. 떨리는 손을 뻗어 화살에 매달린 머리를 붙잡았다.

십삼조의 여섯째.

맹저의 머리였다.

☯

언제부터였는지는 몰랐다. 신조 자신이 언제부터 애묘를 여자로 인식했는지 모르는 것처럼, 맹저가 언제부터 신조 자신을 남자로 인식하기 시작했는지는 알 도리가 없었다.

누구 하나 행복하지 못했다. 어리석은 꼬리 물기는 서로에게 상처만을 안겨 주었다.

신조는 애묘를 연모했다.

애묘는 스승님을 연모했다.

맹저는 신조를 연모했다.

그 어느 것도 이루어지지 않았다. 빗나간 사랑이 강했기에 서로를 돌아보지도 못했다.

맹저는 신조를 원망하지 않았다. 신조 자신이 애묘에게 하지 못했지만, 마음에 품었던 말을 소리 내어 말했다. 울면서도 웃었다.

"괜찮아, 난 괜찮아. 지금으로도 충분해."

괴성을 토했다. 눈물로 시야가 어지러웠다. 숨조차 제대로 쉴 수 없었다.

어째서? 왜?

안심했다. 걱정하지 않았다.

맹저였으니까. 암룡제일의 술사인 그녀였으니까.

왜 그랬을까? 왜 그렇게 멍청한 생각을 했을까?

그녀는 강하다. 그녀는 뛰어나다. 그러니 가장 큰 위협이 될 것이 분명하다.

가장 큰 위협, 가장 중요한 표적.

놈들이 제일 먼저 노릴 것이 분명했는데 왜 걱정하지

않았을까?

왜 안도했을까?

왜 당연히 무사할 거라 생각했던 것일까?

죽은 지 여럿 날이 지났음이 분명했다. 방부 처리를
했지만 그 시간을 모두 감출 수는 없었다. 마른 뺨을
어루만졌다. 머릿속이 새하얗게 변해 어떤 생각도 이어
나갈 수 없었다.

맹저가 죽었다.

놈들에게 머리가 잘렸다.

애묘가 떨어진 횃불을 주워 들었다. 짐승처럼 울부짖
는 동생의 곁에 앉았다. 함께 맹저의 머리를 보았다.
언제나 자신이나 요호 언니처럼 예뻐지고 싶다며 조잘
거리던 여동생의 머리칼을 어루만졌다.

"신조."

애묘는 눈물을 흘리지 않았다. 독기를 품었다. 그 입
술을 비틀어 미소 지었다.

"이 땅은 나의 무대야."

화살이 날아온 이유는 분명했다. 맹저의 머리를 묶어
보낸 의도는 명백했다.

하지만 그것이 대수란 말인가.

중요하지 않다. 중요한 것은 오직 하나뿐이다.

놈들이 맹저를 죽였다.

광룡이 십삼조를 건드렸다.

"전부 죽이자."

놈들이 십삼조를 공격한 이유는 신경 쓰지 않는다. 천마회로 무림을 공격하는 것 또한 상관할 바가 아니다.

죽인다. 광룡이든 암룡이든 가리지 않는다. 이 일에 연루된 것이 황제라면 황제 또한 죽인다.

신조는 애묘에게 대답하지 않았다. 화살에 묶인 머리칼을 잘라내 맹저의 머리를 바닥에 내려놓았다. 그대로 일어나 돌아섰다.

불사신조 제일식.

홍염(紅焰).

불꽃이 일어 어둠을 집어삼켰다.

화살의 궤적은 직선이 아닌, 완만한 곡선을 이루기 마련이었다.

하지만 그렇다 할지라도 그 날아온 방향마저 왜곡할 수는 없었다. 동굴 안으로 똑바로 들어온 화살은 적이 동굴과 직선 방향에 위치하고 있다는 뜻을 내포했다.

공격자도, 방어자도 그 사실을 알았다.

공격자 측의 의도는 도발이었다.

도망치지 마라. 당장 뛰쳐나와라.

신조는 도망칠 생각을 버렸다. 이를 악물고 화살이 날아온 방향을 노려보았다.

죽인다. 반드시 죽인다.

신조는 생각했다. 격노로 머리가 어지러운 가운데서도 적을 죽이는 최적의 방안을 모색했다.

그것이 스승님에게 배운 것이었다. 그것이 신조의 재능이었다.

날아온 화살은 보통 화살이 아니었다. 이 정도의 화살을 쏠 수 있는 강궁은 흔하지 않았다. 사람 머리 하나를 매단 화살을 원하는 방향으로 쏘아 보낼 수 있는 궁수는 더더욱 드물었다.

지난번엔 적룡이 왔다. 그렇다면 이번에도 광룡의 여

섯 대주 가운데 하나가 왔을 가능성을 논할 수 있었다.

녹룡(綠龍).

광룡의 노회한 용. 여섯 대주 가운데 가장 나이가 많은 자. 가장 오랜 시간 동안 대주의 자리를 맡은 자.

궁수인 그는 결코 혼자 움직이지 않았다. 반드시 함께하는 자가 있었다.

같이하는 자가 누구일 것인가.

신조는 눈을 감았다. 머릿속을 가득 메운 생각을 지워 버렸다.

누가 되었든 죽인다.

신조는 숨을 토했다. 눈을 뜸과 동시에 지면을 박찼다.

녹룡은 동굴 입구를 노려보았다. 두 번째 화살을 재고 기다렸다.

놈은 참지 못하고 튀어나올 것이 분명했다. 십삼조는 그런 놈들이었다.

황룡은 조바심을 냈다. 녹룡은 그런 황룡에게 제지의 말을 하는 대신 천천히 활시위를 당겼다. 인내하며 속으로 수를 헤아렸다.

하나, 둘.

붉은 불길이 동굴 입구로부터 솟구쳐 올랐다.

녹룡은 숨을 멈추고 두 번째 화살을 내쏘았다.

녹색 강기에 휩싸인 강시가 어둠을 찢었다.

화살은 빨랐다. 수십 장 거리를 단숨에 가로지른 그
것을 육안으로 파악해 쳐 낸다는 것은 광룡 대주 급의
무인이라 할지라도 결코 쉽지 않은 일이었다. 하지만
신조는 그것을 해냈다. 육안이 아닌 감각으로 이미 화
살이 날아옴을 느꼈다. 불사신조 일식은 신조의 감각을
평소보다 몇 배는 더 날카롭게 바꾸어 놓았다. 신조는
본능적으로 몸을 틀었다. 그리고 시각을 비롯한 모든
감각을 총동원해 화살의 궤적을 읽어 냈다. 허리를 보
다 비틀어 강시를 스쳐 보냄과 동시에 진각을 밟았다.

이번 화살로 적이 숨은 위치를 확인했다. 예상대로
정면이었다.

신조의 질주에는 주저함이 없었다. 양옆의 수풀은 신
경조차 쓰지 않았다. 애묘는 이 땅이 그녀 자신의 '무
대'라 선언했다. 그러니 양옆에는 적이 존재할 수 없었
다. 애묘의 독이 그것을 용서치 않을 터였다.

정면. 정면의 숲. 그 속에 숨은 무리들.

최적은 놈들을 끌어내 애묘의 영지 내에서 싸우는 것이었다. 하지만 그것은 결코 성립될 수 없는 '무대'였다.

그렇다면 어찌할 것인가.

신조는 멈추지 않았다.

"놈을 유인해서 다른 곳에서 싸운다."

두 번째 화살을 내쏜 직후 녹룡이 그렇게 말했다. 세 번째 화살을 재는 대신 숲을 떠날 채비를 했다.

놈은 반드시 쫓아온다. 그러니 놈을 죽이기 쉬운 곳으로 인도한다. 애묘의 손길이 닿아 있을 이 숲은 너무 위험하다.

하지만 녹룡의 계획은 시작부터 어그러졌다.

신조가 너무 빨랐다.

"미친!"

녹룡이 욕지거리를 토했다. 경공의 고수도 준마의 속도를 따라잡기 힘든 법이거늘, 신조는 그 이상이었다. 바람을 가로질러 순식간에 거리를 좁히는데, 실로 어둠 속에 비상하는 주작(朱雀)과도 같았다.

녹룡과 황룡이라도 경공에서만큼은 신조를 당해 낼

수 없었다. 이런 상황에서 장소를 옮기겠다고 기동했다가는 그저 등을 내줄 따름이었다.

생각을 정리할 시간도 없었다. 그만큼이나 빠른 신조였다. 황룡이 소리쳤다.

"내가 막는다!"

녹룡은 세 번째 화살을 재며 몸을 뒤로 날렸다. 숲에 함께 은신하고 있던 서른 명의 광룡 무사들이 저마다 싸울 태세를 갖추었다.

황룡이 다시 노성을 토했다.

"광오하다!"

이쪽에 녹룡과 황룡이 있다는 사실을 몰랐다 하나 단신으로 돌진하다니, 너무나 광오했다. 황룡의 전신으로부터 황금빛 기운이 불꽃처럼 일었다.

신조가 숲에 도달했다. 황룡과 시선을 교환했다. 신조는 황룡을 알아보았다. 숲에 숨어 있는 서른 명의 광룡 무사는 물론이거니와, 녹룡 또한 인지했다.

황룡과의 격돌 이전에 상대해야 할 것은 녹룡의 화살이었다.

정확히 한 대가 날아왔다. 오 장 내에서 날아온 화살은 그야말로 빛살이었다. 신조에게 생각할 시간은 없었다. 하지만 이미 신조는 답을 찾아냈다. 머릿속으로 상황을 정리하고 최적의 길을 찾는 과정은 존재하지 않았다. 마주한 순간 이미 신조의 눈에는 최적의 길이 보였다.

그것이 스승님에게 배운 신조의 진정한 힘이었다.

몸을 틀었다. 무림인들이 활을 경시하는 이유는 원거리에서 적을 공격한다는 발상 때문이 아니었다. 일단 발사된 화살은 결코 방향을 틀 수 없는 법이었다. 범인과는 비교조차 할 수 없는 안력과 수장 거리를 단번에 주파할 수 있는 경공을 가진 고수에게 있어 화살은 결코 큰 위협이 될 수 없었다.

화살이 신조의 앞섬을 헤치고 나아갔다. 옷이 찢어졌지만, 그것이 전부였다. 신조의 가슴에는 작은 상흔 하나 남지 않았다. 평소라면 녹룡은 활의 약점을 극복하기 위해 첫 번째 시위를 내쏜 직후 두 번째 시위를 당겼을 터였다. 하지만 이번에는 그러하지 않았다. 첫 번째 화살에 신조가 맞든, 맞지 않든 황룡이 신조와 근접전을 벌일 것이라 생각했기 때문이었다.

하지만 그 예상은 빗나갔다.

신조는 눈앞에서 달려드는 황룡을 무시했다. 화살을

피한 직후 지면을 박차 허공으로 날아올랐다. 허공을 박차 그대로 전진해 황룡의 머리 위를 뛰어넘었다.

황룡도, 녹룡도 생각하지 못한 일이었다. 감히 광룡 대주를 눈앞에 두고서 그 머리·위를 뛰어넘을 거라고는 상상조차 하지 못했기 때문이었다.

'허공답보?!'

녹룡은 급히 시위를 당겼지만, 그때는 이미 신조가 녹룡의 지척까지 다다른 이후였다. 녹룡은 숨을 멈췄다. 녹룡이 대주 자리에 오른 것은 오직 궁술 하나 때문이 아니었다. 녹룡은 급히 몸을 뒤틀었다. 신조의 양손에 쥐어진 단검을 막기 위해 활과 화살을 어지러이 움직였다.

신조에게 당하지 않고 버티면 되는 것이었다. 몇 수를 주고받을 시간이면 권각술의 달인인 황룡이 신조의 뒤를 칠 터였다.

하지만 이런 녹룡의 예상은 이번에도 어그러지고 말았다.

애당초 이 숲을 벗어나 다른 곳에서 싸우려 했던 이유가 무엇인가.

황룡은 어지러움을 느꼈다. 내공이 뜻처럼 모이지 않았다.

신조와 녹룡, 두 사람 모두가 그리 멀지 않음에도 불구하고 닿을 수 없을 것처럼만 느껴졌다.

신조는 빨랐다. 애묘는 결코 그런 신조를 따라잡지 못할 터였다. 그러니 애묘는 현재 이 숲에 존재할 수 없었다.

그런데 어지러웠다. 점점 더 숨을 쉬기 힘들어졌다.

'독?!'

그렇다면 무슨 독인가. 도대체 어떻게 독이 퍼진 것인가.

황룡은 두 다리에 힘을 주었다. 흐트러진 정신을 다시 모았다. 내공을 운용해 독기를 몰아냈다. 하지만 쉽지 않았다. 더욱이 그런 황룡을 방해하는 이도 있었다.

[이 숲에 사람들이 방문하지 않는 이유가 삭월 때문일까?]

애묘의 전음이었다. 아직 멀리 있음이 분명했다. 황룡은 숨을 헐떡였다. 지금은 녹룡에게 합류해 신조를 공격해야 할 때임을 인지하고 있음에도 시선을 등 뒤로 돌리고 말았다.

애묘는 없었다. 하지만 전음은 계속 이어졌다.

[이 땅은 정해진 시간이 되면 죽음의 땅이 돼. 아주 절묘한 시간에 공격해 주었더구나. 천운이 우리에게 따르는 것일까?]

더는 듣지 말아야 했다. 시간을 끌려는 수작이 분명했다. 황룡은 소리 높여 외쳤다.

"갈!"

황룡의 전신에서 다시 한 번 황금빛 기운이 솟구쳐 올랐다. 단번에 독기를 몰아내고 맑은 정신을 회복했다.

신조를 죽인다. 그리고 연이어 애묘, 저 간악한 년 또한 죽인다.

하지만 황룡이 그렇게 생각했을 때, 그러한 마음을 가지고 녹룡과 신조를 보았을 때, 황룡은 자신이 한 가지 사실을 간과했다는 것을 깨달아야만 했다.

"녹룡!"

애묘는 황룡을 대상으로 독공을 펼친 것이 아니었다. 황룡의 정신을 혼미하게 했던 독은 황룡 외의 다른 이에게도 영향을 끼칠 수 있었다.

황룡이 혼미함을 느꼈을 때, 녹룡 또한 독에 중독되었다. 황룡이 그러했던 것처럼 일정 수위 이상의 고수라면 쉬이 떨쳐 낼 수 있는 성격의 독이었지만, 녹룡은 황룡과 달리 근접 박투를 펼치던 중이었다.

순간의 혼미함이, 내력의 운용을 방해하는 작은 거스름이 생과 사를 가르기에는 충분했다.

신조의 주먹이 녹룡의 가슴을 강타했다.

신조는 독에 영향을 받지 않았다. 녹룡과 황룡을 중독 시킨 독은 애묘가 삼십 년 전에 개발한 독이었다. 십삼조 전원은 이 독에 대한 내성을 가지고 있었다.

신조가 내지른 것은 붉은 내력이 실린 촌타였다. 하지만 언제나와 같은 붉은 연꽃이 피지 않았다. 녹룡이 결사적으로 일으킨 내력과 겉옷 속에 받쳐 입은 옥포가 신조의 기공을 막아 낸 탓이었다.

녹룡은 피를 토하며 그 자리에서 무너졌다. 기공은 막아 냈지만 물리적인 타격까지 완전히 와해할 수는 없었기 때문이다.

신조는 녹룡이 죽지 않았다는 사실을 알았다. 한 번 더 타격을 가해야만 그를 죽일 수 있다는 사실도 알았다. 하지만 주저 없이 시선을 돌렸다. 격노한 맹수와도 같은 살기를 뿜어내는 황룡을 마주했다.

마찬가지로 으르렁거렸다. 적을 죽이는 그 순간까지도 감추어야만 할 살기를 일시에 방출했다.

놈들이 맹저를 죽였다.

그러니 놈들을 죽인다.

신조는 황룡을 기다리지 않았다. 황룡을 향해 신형을 날렸다. 황룡 또한 신조에게 돌진했다. 붉은 기운과 황금빛 기운이 격돌했다.

황룡과 녹룡은 각기 열다섯 명씩의 무사를 이끌고 이 숲에 들어왔다. 황룡이 이끌고 온 무사들 가운데 하나는 대마다 세 명씩 있는 부대주 가운데 하나인 용권이었다. 용권은 황룡과 신조의 싸움에서 눈을 돌렸다. 주변을 향해 수신호를 보내 움직임을 재촉했다.

"녹룡을 데리고 떠나라!"

신조와 격돌하기 직전, 황룡이 용권에게 보낸 전음이었다.

녹룡의 부상은 멀리서 봐도 한눈에 알 수 있을 정도로 심각했다. 더욱이 이 숲은 이미 애묘의 영역 안이었다. 넋 놓고 있다가는 어찌해 볼 도리조차 없는 심각한 독에 광룡 모두가 중독될 가능성도 있었다.

용권은 황룡의 명에 이의를 표하지 않았다. 십 년 이상 함께해 온 대주의 뜻을 이해했다.

녹룡을 데리고 이 숲을 벗어나라. 나 또한 곧 뒤를 따르겠다.

황룡은 신조를 거칠게 밀어붙여 녹룡으로부터 멀어지게 만들었다. 용권은 그 틈을 놓치지 않았다. 광룡 무사들과 일시에 뛰쳐나가 녹룡을 들쳐 업고 질주했다. 십삼조를 추적키 위해 이 숲에 들어왔다 이제는 도주하는 꼴이 되었지만 용권은 비참함을 느끼지 않았다.

용권은 황룡을 믿었다. 이번 임무도 결국에는 성공할 것이라 확신했다.

"노옴!"

황룡이 일갈하며 주먹을 내질렀다. 실로 어마어마한 권력이었다. 그 여파만으로 주변 대기가 찢어지며 굉음이 울려 퍼졌다.

신조는 적룡과의 싸움을 떠올렸다. 황룡과의 싸움은

적룡과의 싸움과 비슷하면서도 달랐다.

일수를 허용하는 순간 죽는다.

황룡의 주먹과 발은 적룡의 창보다 짧다. 하지만 적룡의 창보다 더 빠르다. 신조의 공격을 기다렸던 적룡과 달리 황룡은 먼저 짓쳐든다.

황룡과 어떻게 싸울 것인가.

생각할 필요도 없었다.

신조는 마주 진각을 밟았다. 물러서는 대신 황룡과의 거리를 더욱 좁혔다.

황룡의 주먹이 폭풍처럼 몰아쳤다. 하나의 주먹이나 이미 하나가 아니었다. 수십 개의 주먹이 벽을 이루어 신조를 압박했다. 신조는 그 주먹에서 눈을 떼지 않았다. 속도를 더욱 높였다. 어느 순간 사라졌다.

츠팟!

대기가 찢어졌다. 눈앞에 흐릿한 잔상이 남는가 싶더니, 신조가 사라졌다. 황룡도 눈동자를 굴렸다. 극도의 긴장이 만들어 낸 날카로운 감각으로 신조가 움직인 방향을 포착했다. 급히 돌아서며 좌수를 휘둘렀다.

콰캉!

내지르는 신조의 팔과 저지하는 황룡의 팔이 맞닿은

순간, 굉음이 일었다. 서로의 팔에 어려 있던 강기가 폭발하며 화려하게 비산했다. 양측 모두 반발력만으로도 타격을 입을 지경이었지만, 멈추는 이는 없었다. 신조는 다시 사라졌고, 황룡 또한 지면을 박찼다.

'공세를 되찾아야 한다!'

수세에 몰려서는 안 되었다. 오히려 공격을 퍼부어 놈의 발을 묶어 두어야만 했다. 일격, 단 일격만 성공해도 이 전투에서 이길 수 있었다.

"우오오!"

황룡은 서둘렀다. 등 뒤에 비수처럼 꽂히는 애묘의 전음이 그를 조급하게 만들었다.

[이번엔 어떤 독을 풀까?]

신조는 녹록하지 않았다. 이미 적룡을 쓰러트린 그였다. 황룡이 서두르면 서두를수록 결착의 시간이 늦어질 뿐이었다.

숨 막히는 공방이 오갔다. 붉은 기운과 황금빛 기운이 어둠을 밝히며 호화롭고 현란한 광경을 이루었다.

신조는 강했다. 적룡이 패한 것은 결코 불운 때문이 아니었다. 황룡은 이를 악물었다. 초조함이 그의 실력을 깎아먹었다. 몰아냈다고는 하나 잔흔이 남은 독이 그의 발목을 붙잡았다.

이대로 시간을 끌면 필패한다.

애묘가 이 숲에 도달해 새로운 독을 풀고 만다!

"커헝!"

황룡이 사자후를 토했다. 신조를 일순이나마 주춤하게 한 뒤, 양손에 그러모은 권기를 전방으로 발산했다. 일단은 숲을 벗어나기 위해 발을 놀렸다. 하지만 이미 너무 늦었다.

새로운 독이 퍼졌다.

무림인에게 있어 독이란 참으로 골치 아픈 존재였다. 그중에서도 특히 호흡으로 중독시키는 독은 가히 최악이었다. 전투 중이라면 이러한 종류의 독에 중독되는 것을 피할 수 없었다. 내기로 독기를 밀어내는 것도 한계가 있었다.

독의 효과 자체가 미비하다 할지라도, 순간이 생사를 가르는 전투 중이라면 그 미비함으로 인해 목숨을 잃을 수도 있는 것이었다.

그나마 다행인 것은 호흡으로 전파되는 독은 피아를 가리지 않는다는 것이었지만, 그러한 명제가 이번에는 성립되지 않았다.

애묘는 십삼조 전원에게 자신이 주로 쓰는 독에 대한 면역 조치를 했다. 일반적인 독공의 고수라면 결코 하지 않을 짓이었다.

냉혹한 강호에서 영원한 우군이란 존재하지 않았다. 아버지와 아들은 물론이거니와, 형제끼리도 서로의 목숨을 탐하는 일이 적지 않은 것이 무림이었다. 애묘의 행동은 십삼조에게 스스로의 목숨을 맡긴 것과 다르지 않았다.

애묘의 독은 신조에게 통하지 않았다. 황룡과 달리 독무 속에서도 자유롭게 행동했다.

황룡은 사황오제삼신이라 해도 대적할 자신이 있는 절정고수임에 분명했다. 비록 독에 중독되었다 하나 상대가 일개 문파 장로 급 고수였다면 무리 없이 제압했을 터였다. 하지만 신조는 그 정도 수준이 아니었다. 신조 또한 사황오제삼신과 무리를 다툴 정도의 고수였다.

독이 만들어 낸 약간의 틈을 신조가 비집고 들어왔다. 황금빛 권기가 실린 황룡의 손발을 어그러트리고 폭풍 같은 연격을 퍼부었다.

녹룡의 것과 같은 옥포가 황룡의 육신을 보호했지만, 한계가 있었다. 신조의 일격 일격은 가벼웠지만 그 속도가 압도적이었다. 황룡은 반격의 틈을 찾아낼 수 없었다. 애묘가 그런 황조의 발목을 다시 한 번 붙잡았다.

[그런데 말이야. 사실 이 숲에 독 따위는 없었어.]

감리산 전체를 독으로 뒤덮을 수는 없는 노릇이었으니까. 동굴 좌우의 숲 어느 정도는 애묘의 '영지'가 맞았지만 정면의 이 숲까지는 아니었다.

[널 중독 시킨 건 내가 아니라 신조야.]

신조의 허리춤에 달린 작은 주머니. 신조가 맹저의 죽음에 오열할 때 애묘가 달아 둔 물건.

그 주머니에서부터 새어 나온 가루가, 격렬한 움직임 때문에 공기 중에 퍼진 독이 황룡과 녹룡을 중독 시켰다.

용권을 비롯한 광룡의 무인들이 중독되지 않은 것은 그 때문이었다.

[그런데 어떤 바보가 홀라당 넘어가서 광룡 무사들을 다 후퇴시켜 주었네? 아니면 우리가 그렇게 만만해 보였던 건가? 중독된 몸으로 떨쳐 낼 수 있을 정도로?]

황룡의 머릿속으로 애묘의 웃음소리가 울려 퍼졌다. 황룡의 집중을 흩어 놓았다.

"크오오!"

하지만 황룡은 광룡의 대주였다. 쉬이 목숨을 내놓을 수 없었다. 동귀어진을 각오하고 선천진기를 개방했다. 일순 강대한 기파를 발해 신조를 물러나게 만들었다.

황룡이 광기에 찬 눈동자를 굴렸다. 신조의 등 너머, 고양이 가면을 쓴 여자가 보였다. 황룡은 숨을 헐떡였다. 맹저와 뇌호가 죽은 지금, 광룡에게 있어 최대의 위협은 애묘였다. 지금 이 자리에서 반드시 그녀를 죽여야만 했다.

"크허헝!"

황룡이 포효했다. 맹수가 되어 애묘에게 돌진했다. 오른 주먹 가득 모은 권기를 내뻗었다.

콰가가가가강!

소용돌이치는 황금빛 권기가 나무들을 박살 냈다. 땅을 가르고 광풍을 일으켰다. 하지만 그것뿐이었다. 어둠 사이에 가득 찬 흙먼지 너머로 여인의 조소가 들려왔다.

"너희는 그냥 우리를 보내 주었어야 해."

맹저의 머리를 쏘아 보내는 우를 범하지 말았어야 해.

물러나려는 우리를 도발하지 말았어야 해.

"아니, 애당초 우릴 건드려서는 안 되었어."

십삼조를.

맹저를.

황룡은 흙먼지를 가로질렀다. 하지만 이미 여인은 존재하지 않았다. 황룡의 권기가 파괴한 지형만이 남아 있을 뿐이었다. 애묘는 어디로 간 것일까? 찾을 수 없었다. 찾을 기회가 존재하지 않았다.

황룡의 등 뒤, 신조가 비수를 쥔 오른손을 내뻗었다. 황룡이 급히 몸을 틀며 호신강기를 일으켰지만, 소용없었다.

불사신조, 용살의 법.
가루라.

비수가 옥포를 관통해 황룡의 심장을 범했다. 용의 목숨을 탐하는 신조(神鳥)의 붉은 강기가 황룡을 내부에서부터 헤집어 놓았다.

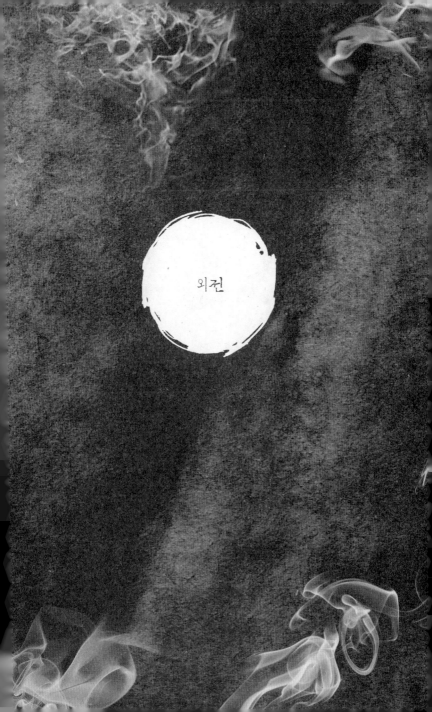

외전

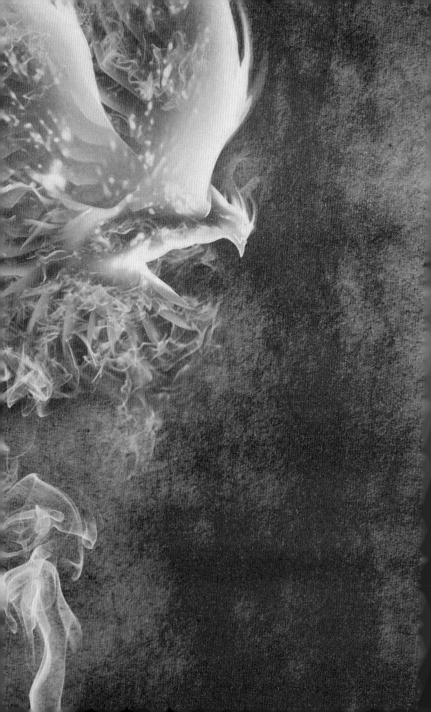

"그래, 결국 너희 모두 알아 버렸구나. 하기야 그럴 수밖에 없겠지. 어찌 되었든 가족이니까."

바람이 불었다.

혹한의 땅에서부터 밀려온, 한기를 머금은 바람이었다.

바람에는 피 냄새가 가득했다.

암룡의 우두머리인 암왕은 새하얀 눈밭에 발자국을 새겼다. 그녀의 곁에는 광룡의 우두머리인 용왕대주와 어린 소년이 하나 걷고 있었다.

이제 눈으로 뒤덮인 작은 언덕 하나만 넘으면 목표한 곳이었다. 암왕과 용왕대주를 '제'의 국경 밖까지 발품을 팔게 한 자가 기다리고 있을 터였다.

암왕이 한 걸음 앞장섰다. 한 발, 한 발 내딛을 때마다 역한 냄새가 더 강해졌다. 암왕은 인상을 찡그리지 않기 위해 노력했다. 용왕대주는 무표정했고, 소년은 결국 인상을 잔뜩 찡그리고 말았다.

세 사람이 언덕 위에 올랐다. 한 남자의 등이 보였다. 그리고 그 너머로 커다란 마을이 보였다. 유목민들의 마을이었다. 다만 보통 마을과 다른 것이 하나 있었다.

마을에는 살아 있는 자가 단 한 명도 존재하지 않았다.

"임무는 대족장의 암살이었을 텐데요?"

"귀찮아서 그냥 한 번에 다 처리했다. 그리고 말은 똑바로 해야지. '임무'가 아닐 텐데?"

암왕의 물음에 등만 보이고 서 있던 남자가 키득 웃으며 답했다.

암왕이 움찔했다.

용왕대주는 침묵을 지켰고, 소년은 마른침을 삼켰다.

남자가 계속 말했다.

"친위대인지 뭔지도 다 죽였다. 이제 너희들의 올해 '부탁'은 끝났다."

용왕대주도 이번에는 침묵을 유지할 수 없었다. 저도 모르게 반문했다.

"대족장의 친위대는 오백 기의 정예 기마병들이오. 그걸 지금 설마 혼자서 다……."

"죽였다고. 저 마을 너머서 좀만 가다 보면 나올 거다."

남자가 용왕대주의 말을 끊고 답했다. 빙글 돌아섰다.

중원 어디에서도 찾아볼 수 없는 검은 옷 위에 자리한 남자의 얼굴은 웃고 있었다.

"아무튼 끝났으니 난 이만 돌아가 보겠다."

남자는 싱글거리며 걸었다. 용왕대주와 소년, 암왕에게는 조금의 관심도 없다는 투였다.

혹한의 땅이었다. 남자가 입고 있는 얇은 옷 따위로는 도저히 막아 낼 수 없는 추위였다. 하지만 남자의 얼굴은 홀로 봄볕을 쬐는 사람마냥 밝았다.

용왕대주는 그를 붙잡고 몇 마디라도 더 이번 일에 대해 묻고 싶었지만, 그럴 수 없었다. 남자에게 말을 거는 것이 두려웠다. 본능에서부터 솟구친 공포였다.

눈앞의 남자는 사람이 아니다. 사람일 리가 없다. 사람이 이런 일을 혼자 힘으로 해낼 수 있을 리가 없다.

남자가 싸우는 모습을 실제로 본 적은 없다. 하지만 대면하는 것만으로도 알 수 있었다. 설사 사황오제삼신이라 할지라도 남자에게는 맞서지 못하리라. 삼초를 넘기지 못하고 죽고 말리라.

남자는 계속 걸었다. 암왕과 어깨를 스쳐 지나 두 걸음 정도를 내딛었다가 돌연 돌아섰다.

"아, 잊어버릴 뻔했네."

남자는 암왕에게 시선을 두었다. 잔뜩 긴장한 용왕대주와 소년 따위는 안중에도 없다는 듯 말했다.

"좋은 거울 하나…… 아니, 세 개만 챙겨 줘. 귀금속으로 치장된 걸로 말이야. 산해라는 곳에서 난 게 필요해."

생각지도 못한 요구였다. 하지만 암왕에게는 아니었는지, 약간의 미소까지 얼굴에 그리며 되물었다.

"여인들이 쓰는 물건 말인가요?"

"그래, 그거."

용왕대주는 눈동자만 굴려 남자와 암왕을 번갈아 보았다. 이해할 수 없는 대화였다. 갑자기 거울은 왜 달란 말인가.

"애묘가 갖고 싶어 하더라고. 그럼 요호랑 맹저도 줘야지. 편애하면 쓰나."

남자가 용왕대주를 똑바로 쳐다보며 말했다.

용왕대주는 저도 모르게 뒷걸음질 쳤다. 눈앞의 남자는 무인인 동시에 지상 최고라 해도 과언이 아닌 술사였다. 혹여 용왕대주 자신의 마음을 읽은 것은 아닐까?

"알겠어요. 돌아가시면 바로 받아 보실 수 있도록 손을 쓰도록 하죠."

"세 개 말고 네 개 마련해. 하나는 네가 갖고."

남자는 그대로 돌아서서 걸었다. 한 걸음 내딛을 때마다 십여 장 이상씩을 나아가는데, 술법인지 경공인지 알아볼 수조차 없었다.

마침내 남자의 모습에 시야에서 완전히 사라졌다.

소년은 제자리에 털썩 주저앉았고, 용왕대주는 가쁜 숨을 토했다.

암왕 역시 작게나마 한숨을 토했다.

방금 마주한 자가 과연 인간이기는 한 것일까?

신비, 괴력난신, 그 자체가 아닌가. 제의 시대 이전, 조의 시대에 간혹 모습을 보였다는 선인은 아닐까?

아니면 요괴라든가.

무림 사상 최악의 대혈겁을 일으킨 마인임에도 불구하고 무림의 모두가 고금제일의 고수라 인정하는 고금제일마 혈랑마존이라 해도 저 남자에게는 상대가 되지 않을 것만 같았다.

용왕대주가 죽음에 뒤덮인 마을을 돌아보았다. 새삼코끝을 찌르는 지독한 피 냄새에 고개를 내저었다. 탄식처럼 말했다.

"언젠가는, 언젠가는 제거해야만 해."

너무 위험했다. 아니, 위험하다는 말로 표현하는 것조차 불가능했다.

괴물이었다. 지금이야 황실의 '부탁'을 들어주며 이해할 수 없는 '소꿉놀이'에 몰두하고 있었지만, 그게 앞으로도 이어질 것이란 보장이 없었다.

제거해야 했다. 반드시 무슨 수를 써서라도 놈을 죽여야만 했다.

황실의 검인 광룡을 지휘하는 용왕대주로서의 생각이 아니었다. 하늘 아래 살아가는 '인간'으로서의 본능이었다.

암왕이 웃었다. 비웃음이 아니었다. 암왕 스스로도

제대로 표현 못하는 수많은 감정들이 뒤섞인 미소였다.

그녀가 말했다.

"무슨 수로요?"

용왕대주가 멍청한 표정을 지었다. 그는 본래 어리석은 자가 아니었다. 그 누구보다도 총기 있는 자였다. 하지만 '괴물' 앞에서는 한낱 인간에 불과했다. 용왕대주보다 훨씬 더 괴물을 자주 접했기에 이지를 유지할 수 있던 암왕이 말을 이었다.

"황실이 총력을 기울여도 저자를 죽일 수 있을까요?"

용왕대주는 대답하지 못했다. 그래서 암왕은 질문을 바꾸었다.

"아니, 저자가 황제 폐하를 시해하려 한다면…… 우리가 과연 막을 수 있을까요?"

암습이 아니라 정면에서 치고 들어온다 해도 과연 막을 수 있을 것인가.

용왕대주는 이번에도 대답하지 못했다.

☯

달이 어두운 밤이었다. 남녀 한 쌍, 아니, 소년과 소녀가 드넓은 갈대밭을 질풍처럼 내달렸다.

"망했어, 망했다고!"

울상을 지으며 소리친 것은 점원 복장을 한 소년이었다. 웬 보따리 하나를 품에 안고 있었다.

"이게 다 누나 때문이야!"

"이럴 때만 누나 타령이니? 평소엔 누나라고 부르지도 않으면서!"

소년보다 약간 뒤처져서 달리던 소녀가 빽! 소리를 질렀다. 그녀 또한 울상이었다. 소년은 이를 악물고 화를 한차례나마 억누른 뒤 소녀에게 고개를 휙 돌렸다. 소년과 달리 검은 암행복을 입은 소녀에게 쏘아붙였다.

"그러게 왜 따라온다고 고집을 부려! 아니, 왜 거기서 그렇게 끼어드냐고!"

"그야 네가 걱정…… 아니, 칠칠치 못하게 굴까 봐 그렇지!"

"어우, 진짜!"

걱정이 되기는 대체 뭐가 걱정이 된단 말인가. 더욱이 소녀가 끼어든 탓에 잘되어 가던 일이 다 망가져 버렸다. 물건만 챙겨서 소리 없이 싹 빠져나올 수 있었는데 말이다!

더욱이 그다음도 문제였다. 등 뒤에서 추적자들이 쫓아오는 것을 알고 있음에도 속도를 높일 수 없었다. 자신보다 훨씬 뒤떨어지는 소녀의 경공에 속도를 맞춰야 했기 때문이다.

소녀의 얼굴이 잔뜩 구겨졌다. 억지로 울음을 참는 얼굴이었다.

소녀가 그런 얼굴이 되자 소년 또한 표정이 좋지 못했다. 자신이 너무한 게 아닌가 후회가 되었기 때문이다.

'아니지, 너무하긴 뭐가 너무해!'

소년은 등 뒤를 돌아보았다. 어두운 밤이라 시야가 짧았지만, 그건 보통 사람들 이야기였다. 소년은 멀리까지 보았다. 다행히 아직 추적자들이 보이지 않았다.

'그래도 조만간이겠지.'

어서 빨리 약속 장소까지 도망가야만 했다. 그런데 바로 그때였다.

"니들은 어째 하루가 멀다 하고 싸우냐?"

앞에서 들려온 목소리에 소년과 소녀의 얼굴이 밝아졌다.

"아랑 형!"

"아랑 오빠!"

이구동성으로 튀어나온 부름에 갈대밭에 앉아 있던 청년은 씩 웃었다. 소년, 신조를 보며 물었다.

"물건은?"

"챙겼지."

신조가 자신의 가슴팍을 두드렸다.

아랑이 자신의 양옆 바닥을 손바닥으로 두드렸다.

"그럼 여기 앉아서 기다려."

"기다리라니, 추적자들을?"

"아니, 창룡 형이 돌아오는걸."

신조와 맹저는 납득했다. 아랑의 양옆에 주저앉아 가쁜 숨을 달랬다.

"와, 진짜 괴물이다. 이거, 설마 스승님이 창룡 오라 버니만 예뻐하는 거 아냐?"

호들갑을 떠는 것은 꽃처럼 아름다운 소녀였다. 아니, 꽃으로 비유할 수 없었다. 달빛 아래 사람을 홀리기 위해 나타난 요괴라 해도 믿을 정도로 요염한 소녀였다.

몸의 곡선이 여실히 드러나는 암행복을 입은 그녀의 말에 호쾌하게 생긴 청년은 미간을 좁혔다.

"이렇게 다쳐서 피도 나고 있다만?"

정말로 봉을 움켜쥔 남자의 오른팔에는 긁힌 상처가 있었다. 피가 뚝뚝 흐르진 않았지만 붉은 선이 그어져 있긴 했다.

소녀, 애묘는 코웃음을 쳤다. 갈대밭에 나자빠져 있는 이십여 명의 무인들을 턱짓으로 가리켰다.

"상처도 안 입고 이 짓을 다 했다면 인간미가 없잖아, 인간미가."

더욱이 창룡은 추적자들을 단 한 명도 죽이지 않았다. 추적자들이 사파칠주 중 하나인 구룡방의 무인들임에도 불구하고 말이다.

'삼룡사봉이고, 오성이고. 전부 창룡 오라버니 발끝에도 못 미치겠네.'

속으로 히죽 웃은 애묘는 창룡에게 다가갔다. 긁힌 상처라도 제대로 치료해 주기 위해서였다.

창룡은 애묘에게 기분 좋게 한쪽 팔을 내맡긴 뒤 물었다.

"요호는?"

"알아서 몸 잘 빼냈지. 지금쯤이면 아마 집에서 우리 먹인다고 밤참 만들고 있지 않을까?"

이번 임무는 본래 요호와 신조만이 투입되었어야 할

임무였다.

요호가 구룡방에 잠입해 정보를 캐내고 신조가 '표
적'을 훔쳐 낸다.

하지만 맹저가 신조를 도와준답시고 끼어드는 바람
에 일이 엉망이 된 것이었다.

창룡은 기분 좋게 웃었다.

"거참, 요호는 언제 봐도 현모양처란 말이야."

"오라버니라면 데려가도 괜찮아. 내가 허락할게."

"흰소리는."

창룡과 애묘는 서로를 보며 웃었다. 애묘가 창룡의
어깨를 찰싹 두드렸다.

"치료 끝. 돌아가자, '집'으로."

●

"맹저, 거기서 네가 끼어든 이유가 뭐지? 너 때문에
임무가 크게 어려워지고 말았다. 남기지 말아야 할 흔적
도 남겨 버렸고, 직접적인 마찰까지 일어나고 말았어."

십삼조의 작전을 총괄하는 뇌호가 엄한 얼굴로 말했
다. 목소리에 고저가 없는 것을 보아하니 정말 화가 많

이 난 모양이었다.

"하지만 신조가……."

맹저가 우물우물 중얼거렸다. 고개를 푹 숙이고 있어 얼굴이 보이진 않았지만, 눈물이 그렁그렁할 게 분명했다.

뇌호는 속으로나마 한숨을 토했다. 분명 처음 이곳에 왔을 때만 해도 맹저는 이렇게 무른 아이가 아니었다. 그런데 이제는 진짜 그냥 여자아이가 되고 말았다.

이곳이 다른 곳이었다면 나쁘지 않았다. 아니, 오히려 자연스럽고 좋았다.

하지만 불행히도 이곳은 평범하지 않았다.

"맹저, 우린 언젠가 목숨이 걸린 위험한 임무에도 투입될 거다. 아니, 이미 그러고 있지. 넌 오늘 너뿐만 아니라 신조, 나아가 우리 모두의 목숨을 위험하게 한 것이나 다름없다."

맹저의 어깨가 축 처졌다. 보기 딱했지만 뇌호는 조금 더 혼을 낼 생각이었다. 미연의 사태를 대비해 창룡이 일의 진행을 지켜보고 있었기에 망정이지, 정말 작전서대로 현장에 요호와 신조만 투입되었다면 신조와 맹저가 위험할 뻔했다.

뇌호는 숨을 크게 삼켰다. 지금 이렇게 화를 내는 것

이 맹저를 위해서도 좋은 것이라고 스스로를 다독였다.
하지만 다시 입을 열려는 찰나였다.

"그쯤 해 둬라, 그러다 애 울겠다."

"형!"

창룡이었다. 뇌호가 상관 말라고 눈짓을 보냈지만 창룡은 아랑곳하지 않았다. 맹저에게 말했다.

"이리 와, 맹저."

맹저가 퍼뜩 고개를 들었지만, 이내 다시 푹 숙였다. 뇌호 때문이었다.

뇌호는 결국 한숨을 내쉬었다. 맹저의 어깨를 두드렸다.

"가."

맹저는 움찔움찔하더니 이내 잰걸음으로 창룡에게 다가갔다. 창룡의 품에 안겨 울음을 터트렸다.

"으아앙!"

"누가 우릴 보고 암부라 하겠어. 완전 소꿉놀이 집단이지."

뇌호와 창룡은 집 뒤뜰에 자리를 깔고 앉아 술잔을 나누었다. 안주는 요호가 만든 채소 볶음이었다.

"그러게."

창룡은 속없이 그리 말했고, 뇌호는 얼굴을 구겼다. 창룡 옆에 앉아 있던 아랑이 채소 볶음을 뒤적였다.

"그래도 확실히 스승님이 안목이 있으시단 말이야. 맹저는 후방 지원이 딱이지, 딱."

맹저가 배운 것은 각종 주술이었다. 그녀는 전면에 나서지 않고 뒤에서 십삼조를 보조하는 역할이었다.

"이름은 맹저인데 말이야."

"그러게. 돌격대장 같은 이름이지. 그런 거 보면 신조 녀석 작명 감각이 영 엉망이랑 말이야."

뇌호의 푸념을 받은 것은 애묘였다. 그녀는 기녀 흉내를 내며 뇌호의 빈 잔에 술을 따라 주었다.

"그러고 보니 슬슬 스승님이 돌아오실 때가 되었네."

아랑이 밤하늘을 우러르며 말했다. 일 년에 한 번씩 스승님은 황실의 '부탁'을 수행하셨다.

이제까지 조용히 앉아 있던 요호가 입술을 열었다.

"다치진 않으셨겠지?"

모두가 요호를 돌아보았다. 요염하기 짝이 없는 애묘와 달리 청순함을 갖춘 요호의 아름다움은 이 세상의 것이 아닌 것처럼 느껴질 때도 있었다.

애묘가 홍홍거리며 술잔을 들었다.

"뭐 하러 그런 걱정을 해? 스승님이신데."

과연 이 세상에 스승님을 다치게 할 수 있는 자가 존재는 할까?

모두가 같은 생각이었다. 요호도 스승님을 해할 수 있는 자가 존재할 거라고는 생각하지 못했다.

하지만 그렇다 할지라도 걱정되지 않을 수 없었다.

"가족이니까."

요호는 부드럽게 웃었고, 애묘는 그런 요호의 어깨에 머리를 기댔다. 창룡과 뇌호, 아랑은 술잔을 들었다.

암왕은 암화와 암영을 마주하고 앉았다. 암영이 방금까지 낭송하던 임무 보고서를 접으며 첨언했다.

"맹저의 돌발 행동으로 엉망이 되긴 했지만, 성공은 성공이군요."

"하지만 엉망은 엉망이죠."

암화의 말은 틀리지 않았다. 은밀히 물건만 빼냈어야 했는데 구룡방과 직접적인 무력 충돌을 일으켜 버렸다.

"뭐, 그래도 별일은 없을 겁니다. 죽은 사람도 없고……

우리 소행이라는 것을 알 만한 흔적은 남기지 않았으니 이 정도는 애교로 넘어가 줄 수 있죠."

암화가 암왕의 눈치를 살폈다.

암왕은 얼굴을 가린 면사를 벗었다. 어린 시절부터 그녀의 곁을 지켜 준 암영과 암화 앞에서만 보이는 행동이었다.

그녀는 아직 젊었다. 황실의 핏줄임을 증명하듯 눈빛에는 범상치 않은 이지가 어려 있었다.

"십삼조가 성장하면 장차 황실의 큰 힘이 될 거다."

십삼조가 이번에 성공한 임무는 사실 보통 임무가 아니었다.

사파칠주 가운데 하나인 구룡방에 잠입해서 서책을 빼 오는 일이었다. 더욱이 그 서책은 구룡방에서도 특별히 관리하는 보고에 보관된 물건이었다.

그런데 창룡과 요호를 제하고는 아직 십대에 불과한 십삼조가 그 물건을 빼 온 것이었다.

더욱이 그 과정에서 드러난 창룡의 무위는 실로 눈부셨다.

암왕이 눈을 감았다.

"십삼조는 '그 남자'의 기예를 하나씩 물려받았지.

그럼 그들의 기예를 다시 하나로 모은다면…… 그 남자와 같은 능력을 가진 자가 탄생하는 걸까?"

십삼조 각자가 배운 것을 다시 한 명에게 전수한다면, 그리하여 그 남자의 기예를 한 몸에 모은다면…….

"불가능할 겁니다. 아니, 불가능합니다."

암영이 즉답했다.

암화 역시 동의를 표했다.

사람의 몸 하나에 모두 담을 수 없는 것들이었다. 아니, 설사 가능하다 할지라도 결코 '그 남자'처럼 되는 것은 불가능했다.

암화는 '그 남자'가 사실 인간이 아니라 지옥에서 올라온 악마라 해도 이상하게 여기지 않을 생각이었다. 아니, 그게 훨씬 더 말이 된다고 오래전부터 생각하고 있었다.

"그래, 불가능하겠지."

암왕 역시 고개를 끄덕였다. 사실 '그 남자'의 힘은 너무 과했다. 또 한 명의 그를 만드는 것은 황실의 미래에 있어서도 길보다는 흉에 가까우리라.

"왜 그러느냐, 암화?"

암왕이 암화에게 물었다. 그녀의 표정이 심상치 않았

기 때문이다.

암화는 숨기지 않고 물었다.

"암왕 전하, 그가 정말 약조를 지킬까요?"

"약조한 기한 이후에는 십삼조가 무얼 하든 신경 쓰지 않겠다는 그 약조 말이더냐?"

"예."

십삼조는 암룡의 암부들이었다. 그리고 암룡 암부들에게 주어지는 임무들은 결코 쉽지 않았다. 하늘로부터 부여받은 명을 채우지 못하고 죽어 나가는 이들이 부지기수였다.

암룡이 십삼조에게 위험한 임무를 맡긴다면 어떻게 될까?

정말로 목숨이 위험한 임무를 맡기고, 그 과정에서 십삼조 가운데 누군가가 목숨을 잃는다면 '그'는 어떤 반응을 보일까?

"십삼조는 분명 가족이다."

암왕은 확언했다.

십삼조는 가족이었다. 그는 십삼조의 아버지였고, 십삼조의 조원들은 형제자매들이었다.

"하지만 그도 정말 십삼조를 가족으로 여기는 것일까?"

암화와 암영에게 묻는 것이 아니었다. 암왕은 창밖을 보았다. 그 남자의 얼굴이, 그 눈이 떠올랐다.

◐

"오늘은 여기까지 하도록 하지."

'그 남자', 스승의 말에 신조는 무너지듯 바닥에 쓰러졌다. 온몸이 땀투성이였다.

혼자 쓰기에는 제법 넓고 커다란 수련동 내부는 서늘하지도, 뜨겁지도 않았다. 한쪽 벽에 서서 지팡이를 휙휙 돌리던 스승은 웃으며 말했다.

"창룡 녀석도 그렇지만, 너도 참 내 막내 동생을 닮았단 말이야."

거칠어진 숨을 달래며 쏟아지는 피로에 저항하던 신조가 눈을 떴다. 엉거주춤 자리에서 일어나 앉으며 물었다.

"형제자매분들 말씀이신가요?"

스승은 가끔씩 '형제자매' 이야기를 했다. 이름을 언급한 적도 없고, 구체적으로 하나하나 나열한 적은 없었지만, 십삼조가 스승에게 사사하기 시작한 지 벌써 삼 년이었다. 각자가 들은 단편적인 이야기들을 조합해 대강이나마 윤곽을 그려 낼 수 있었다.

스승을 포함해 형제자매의 숫자는 모두 일곱.

여자는 넷이었고 남자는 셋이었다.

피가 이어진 친형제는 아닌 것 같았다. 스승이 일곱 형제자매 가운데서 가장 큰 애정을 보이는 것은 '장녀와 차녀'였다. 그 두 사람의 이야기를 할 때면 평소보다 말이 훨씬 더 길어지는 스승이었다.

스승은 신조의 얼굴을 쳐다보았다.

신조는 어설프게 웃으며 그 시선을 마주했다.

스승이 고개를 끄덕였다.

"그래, 형제자매. 그들도 날 가족이라 생각할지는 모르겠지만 말이야."

깊은 밤이었다. 신조는 촛불로 밝힌 마루에 엎드려 누워 있었고, 애묘는 그런 신조의 등에 침을 하나하나 찔러 넣었다.

몸의 원기를 회복시키는 간단한 시술이었다. 십삼조는 당일 수련 이후에는 늘 애묘에게 이 시술을 받았다.

마지막 일곱 번째 침이 꽂힌 걸 인지한 신조가 엎드

린 상태로 눈동자만 굴려 애묘를 올려다보았다.

"저기 말이야, 누나."

"왜?"

애묘가 신조와 시선을 마주했다.

아직 어린 신조였지만 애묘와 마주할 때마다 그녀가 아름답다는 생각을 했다. 단순한 조형미 이야기가 아니었다. 애묘의 시선과 몸짓에는 사람을 홀리는 무언가가 담겨 있었다.

애묘. 아름다운 누이. 스승님을 가장 닮은 사람.

그래서 신조는 애묘에게 물었다.

"우린…… 가족 맞지?"

"당연하지. 갑자기 불안해?"

애묘가 까르르 웃으며 신조의 머리를 쓰다듬었다. 십삼조가 한 가족이 된 지 벌써 삼 년이 넘게 흘렀다. 신조는 진심으로 십삼조 모두를 가족처럼 생각했다. 아직 어린 아이가 하는 말이기에 무게가 없을지 몰랐지만, 십삼조의 모두를 위해서라면 목숨도 버릴 수 있을 것 같았다.

신조는 애묘를 보는 대신 눈을 살짝 감았다. 형제자매 이야기를 하던 당시의 스승의 얼굴을 떠올려 보았다. 그 눈빛을 기억해 보았다.

"스승님도 우리 가족이 맞을까?"

평소와 달랐다. 그 시선은, 그 목소리는 십삼조를 대할 때와는 분명한 차이가 있었다.

애묘는 어깨를 늘어트렸다. 신조의 곁에 몸을 기대고 옆으로 누웠다. 신조의 머리칼을 어루만졌다.

"아니, 스승님에게 우리는 진짜 가족이 될 수 없어."

신조가 눈을 떴다.

애묘는 처연하게 웃었다.

"너도 알고 있잖니?"

신조는 입술을 깨물었다. 부정하지 못했다.

스승님은 왜 자신들을 제자로 받아들인 것일까?

왜 가족이란 틀을 강조하시는 걸까?

정작 스승님 자신은 십삼조를 진짜 가족으로 받아들이지도 못하시면서.

애묘는 더 이상 말하지 않았다. 그저 천천히 신조의 머리칼을 쓰다듬었다.

〈『불사신조』 제2권에서 계속〉

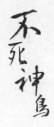

1판 1쇄 찍음 2014년 1월 23일
1판 1쇄 펴냄 2014년 1월 28일

지은이 | 이주용
펴낸이 | 정　필
펴낸곳 | 도서출판 **뿔미디어**

편집장 | 이재권
기획 · 편집 | 윤영상
편집디자인 | 이진선

출판등록 | 2002년 9월 11일 (제081-1-132호)
주소 | 경기도 부천시 원미구 상동로 117번길 49(상동) 503호 (우)420-861
전화 | 032)651-6513 / 팩스 032)651-6094
E-mail | bbulmedia@hanmail.net
홈페이지 | http://bbulmedia.com

값 8,000원

ISBN 979-11-7003-009-6 04810
ISBN 979-11-7003-007-2 04810 (세트)